300 v Chr
1136

Fabian Lenk

Die Zeitdetektive

Barbarossa und der Raub von Köln

Fabian Lenk

Die Zeitdetektive

Barbarossa und der Raub von Köln

Ein Krimi aus dem Mittelalter
Band 34

Mit Illustrationen von Almud Kunert

Ravensburger Buchverlag

Bibliografische Information der Deutschen Nationalbibliothek:

Die Deutsche Nationalbibliothek verzeichnet diese Publikation in der Deutschen Nationalbibliografie; detaillierte bibliografische Daten sind im Internet über **http://dnb.d-nb.de** abrufbar.

MIX
Aus verantwortungsvollen Quellen
FSC® C114500

Das für dieses Buch verwendete FSC®-zertifizierte Papier liefert Arctic Paper Mochenwangen GmbH

1 2 3 4 D C B A

Postfach 18 60, 88188 Ravensburg
Umschlag und Innenillustrationen: Almud Kunert
Logo und Reihendesign: animagic, Bielefeld
unter Verwendung einer Grafik von © TrueMitra/FreeVectors
Lektorat: Andreas Rode

Printed in Germany

ISBN 978-3-473-36963-8

www.ravensburger.de
www.fabian-lenk.de
www.zeitdetektive.de

Inhalt

Kim, Julian, Leon und Kija – die Zeitdetektive

Die schlagfertige Kim, der kluge Julian, der sportliche Leon und die rätselhafte ägyptische Katze Kija sind vier Freunde, die ein Geheimnis haben …

Sie besitzen den Schlüssel zu der alten Bibliothek im Benediktinerkloster St. Bartholomäus. In dieser Bücherei verborgen liegt der unheimliche Zeitraum „Tempus“, von dem aus man in die Vergangenheit reisen kann. Tempus pulsiert im Rhythmus der Zeit. Es gibt Tausende von Türen, hinter denen sich jeweils ein Jahr der Weltgeschichte verbirgt. Durch diese Türen gelangen die Freunde zum Beispiel ins alte Rom oder nach Ägypten zur Zeit der Pharaonen. Aus der Zeit der Pharaonen stammt auch die Katze Kija – die Freunde haben sie von ihrem ersten Abenteuer in die Gegenwart mitgebracht.

Immer wenn die Freunde sich für eine spannende Epoche interessieren oder einen mysteriösen Kriminalfall in der Vergangenheit wittern, reisen sie mithilfe von Tempus dorthin.

Tempus bringt die Gefährten auch wieder in die Gegenwart zurück. Julian, Leon, Kim und Kija müssen nur an den Ort zurückkehren, an dem sie in der Vergangenheit gelandet sind. Von dort können sie dann in ihre Zeit zurückreisen.

Auch wenn die Zeitreisen der Freunde mehrere Tage dauern, ist in der Gegenwart keine Sekunde vergangen – und niemand bemerkt die geheimnisvolle Reise der Zeitdetektive …

Von Haien und Geißböcken

„Wisst ihr, was das Wertvollste in ganz *Köln* ist?“, fragte Julian.

Der sportbegeisterte Leon grinste. „Der 1. FC Köln mit seinem Maskottchen, dem Geißbock namens Hennes?“

„Falsch!“, rief Julian.

„Hm, vielleicht der Dom?“, riet Kim. „Den kennt doch jeder. Und wegen dieser riesigen Kirche kommen viele Besucher in die Stadt.“

Julian zögerte einen Moment. Seine Freunde und er waren im Freibad ihres Heimatstädtchens Siebenthann. Sie lagen auf dem Rücken – Kopf an Kopf wie ein Stern mit drei Zacken. Alle drei schauten hinauf zu den Schäfchenwolken, die schwerelos über den blauen Himmel trieben. Es war ein warmer Tag Mitte Juli und die Freunde hatten Sommerferien. Kija hatte es sich zwischen ihnen gemütlich gemacht und rollte einen kleinen Ball hin und her.

„Der Dom ... nicht schlecht, du bist schon nah dran“, sagte Julian jetzt zu dem Mädchen. „Doch es gibt noch etwas Wertvolleres als diese Kirche – und etwas Geheimnisvolleres …“

„Klingt spannend“, meinte Kim. „Aber nun lass dir doch nicht alle Würmer aus der Nase ziehen!“

„Vielleicht die Kölner Haie“, lachte Leon.

Julian sah ihn verständnislos an. „Seit wann gibt es Haie im *Rhein*?“

Leon kugelte sich vor Lachen. „Das ist ein Eishockeyverein! Die Kölner Haie wurden schon ganz oft Deutscher Meister.“

„Ach so“, grummelte Julian. Im Sport kannte er sich nicht so gut aus wie sein Freund. Doch dafür hatte Julian in seinem Lieblingsfach Geschichte etwas mehr drauf als Leon und Kim. Daher hatte er es auch genossen, mit seinen Eltern drei Tage lang die geschichtsträchtige Stadt Köln zu besichtigen. Erst gestern war der Junge zurückgekehrt – voll großartiger Eindrücke und mit einer Frage, deren Beantwortung ihn brennend interessierte.

„Nein, weder Hai noch Geißbock“, sagte er. „Das Wertvollste in Köln sind die *Reliquien* der *Heiligen Drei Könige*. Sie begründeten den weiteren Aufstieg der Stadt im Mittelalter. Dabei war Köln mit seinen etwa fünfzigtausend Einwohnern bereits vorher eine der wichtigsten und reichsten Städte des Reiches. Unter anderem war dort das Zentrum der deutschen Goldschmiedekunst. Doch erst die Gebeine der Heiligen sorgten für einen weiteren Schub. Ohne sie wäre Köln nicht das, was es heute ist: eine Stadt, die jährlich von Millionen Touristen besucht wird."

„Und die bringen natürlich Geld in die Stadt", tippte Kim.

„Du sagst es", meinte Julian. „Der Kölner Dom wurde auch nur deshalb gebaut, weil der alte Dom – der *Hildebold-Dom* – zu klein geworden war."

„Also wurden die Reliquien zunächst im Hildebold-Dom gezeigt", schloss Kim daraus.

„Richtig. Doch der hielt dem Ansturm der Gläubigen nicht mehr stand. Damals wollten offenbar unzählige Pilger die Gebeine sehen. Also wurde eine größere Kirche geplant: der Kölner Dom."

Kim drehte sich auf den Bauch und kraulte die schöne Katze. Sofort unterbrach Kija das Spiel mit dem Ball und begann zu schnurren.

„Okay, aber was ist an der ganzen Geschichte so geheimnisvoll?", wollte das Mädchen wissen.

„Wegen der Gebeine wurde Köln sehr reich und mächtig – und das brachte viele Neider auf den Plan", fuhr Julian fort. „Das hat uns ein Fremdenführer im Dom erzählt. Es gab damals wohl eine Menge Ärger ..."

Nun war auch Leon wieder voll bei der Sache. „Du meinst, jemand wollte die Gebeine stehlen und in seiner Stadt ausstellen, um die Touristenströme umzulenken?"

Julian zuckte mit den Schultern. „Davon hat der Fremdenführer nichts gesagt. Aber wer weiß!"

„Ein Diebstahl? Das wäre ja irre!", meinte Kim. „Aber so etwas hätten sich die Kölner doch bestimmt nicht gefallen lassen, sondern die Reliquien zurückgeholt – notfalls mit Gewalt."

Julian nickte. „Das glaub ich auch. Um Diebstahl ging es bei der Führung aber dennoch …"

„Wirklich?", fragte Leon.

„Ja, aber anders, als du vermutlich denkst", erwiderte sein Freund. „Bei der Tour war ein älteres Ehepaar dabei, das behauptete, die Kölner hätten die wertvollen Gebeine selbst gestohlen. Die Reliquien hätten ihnen gar nicht gehört …"

„Konnten die das beweisen?", forschte Leon nach.

„Nein", entgegnete Julian. „Und der Fremdenführer wurde richtig sauer. Die Gebeine würden sehr wohl den Kölnern gehören, meinte er. Aus und fertig. Das Ehepaar ließ aber nicht locker. Die beiden sagten, dass sie früher als Archäologen gearbeitet hätten und sich daher auch mit der Geschichte Kölns und der Gebeine der Heiligen Drei Könige gut auskennen würden."

„Wie kamen die Gebeine denn nach Köln? Und woher? Oder wurden sie zufällig in Köln entdeckt?", fragte Leon.

Narben und Warzen anstarren – mit dem einen Auge, das dem unheimlichen Wesen geblieben war.

Julian heftete jetzt vorsichtshalber seinen Blick an die Wand neben der Pforte. „Sollen wir?“, fragte er die anderen leise.

„Klar doch“, meinte Leon.

„Nur zu!“, kam es auch von Kim.

Mann, sind die beiden wieder cool!, seufzte Julian in Gedanken.

Auch Kija wirkte völlig ungerührt. Sie strich um seine Beine und maunzte.

„Mach endlich die blöde Tür auf!“, schien sie zu fordern. „Lass mich rein!“

Na gut, dachte Julian. Also los!

Er drückte den Türgriff hinunter. Dafür brauchte er mehr Kraft als sonst. Es schien, als sperre sich Tempus heute gegen einen Besuch – wie ein schlecht gelaunter Pförtner.

Julian lehnte sich mit seinem ganzen Körpergewicht gegen die Pforte, bis diese endlich nachgab.

Nacheinander schlüpften die Gefährten in den Zeitraum. Wie immer wurden sie von blauem Nebel empfangen, der sich diesmal dicht über dem Boden hielt und um die Füße der Freunde waberte.

Geräusche prasselten auf sie ein, von allen Seiten wurden sie mit Klängen und Tönen förmlich bombardiert – eine Säge kreischte, ein Chor sang, ein Mühlrad klapperte, irgendjemand bellte Befehle. Schwerter klirrten, Vögel zwitscherten, Kanonen donnerten, ein Sturm heulte und ein Orchester schwang sich zum grandiosen Finale auf.

Das Licht war schwach, und Julian riss die Augen weit auf.

Bum, bum! Bum, bum!

Der Boden pochte gegen seine Schuhsohlen, in einem steten, stampfenden Rhythmus.

Das alte Herz der Zeit!, durchfuhr es den Jungen.

Er blickte umher und versuchte, sich zu orientieren. Das war jedoch schier unmöglich. Denn Tempus war unendlich, ohne Beginn und ohne Ende. Der Zeitraum beherbergte Abertausende von Türen, die einen aus Holz, die anderen aus Eisen. Manche waren reich verziert, manche schlicht und ohne jeden Schnörkel.

Über jeder dieser Türen prangte eine Jahreszahl. Leider waren die Zahlen nicht chronologisch angeordnet. Ganz im Gegenteil: Es herrschte ein völliges Chaos.

Julians Blicke schossen in alle Richtungen. Er sah die Zahl 202 nach Christus, dann 1688, schließlich 1334 vor Christus.

Doch wo war das, was sie suchten, wo war die Zahl 1164?

Julian stolperte über den bebenden Boden voran. Er hatte keinen Plan, wohin er sich wenden sollte, er vertraute einfach darauf, dass Tempus ihnen ein Zeichen geben würde.

Aber heute dachte der Zeitraum zunächst gar nicht daran. Er ließ sie herumirren. Und so taumelten die Gefährten durch die Weite, die Blicke auf die Zahlen über den Türen geheftet. Manche Pforten öffneten sich, sobald sich Julian und seine Freunde näherten. Dahinter tat sich so mancher lichtloser Schlund auf, der bereit schien, sie zu verschlingen.

Andere Türen blieben einfach zu.

„Habt ihr eine Idee?“, rief Julian über das Tosen hinweg.

Kopfschütteln von Kim und Leon.

Julian verließ der Mut. Am liebsten wäre er umgekehrt und aus dem Raum geflohen. Doch das war unmöglich. Längst hatten er und die anderen jegliche Orientierung verloren. Sie hätten den Rückweg nie gefunden.

Kija miaute zu Julians Füßen. Der Junge schaute hinab. Die schöne Katze war halb im blauen Nebel verschwunden. Ihr Schwanz teilte ihn wie ein schlanker Schiffsbug die Wogen.

Unvermittelt lief das Tier los.

„He, warte!“, rief Julian, doch Kija beachtete ihn nicht.

Weil die Freunde Angst hatten, die Katze in dem Chaos zu verlieren, rannten sie ihr hinterher.

Vielleicht, so hoffte Julian, hatte das kluge Tier im Gegensatz zu Kim, Leon und ihm eine Vorstellung, wo die richtige Tür sein könnte. Es wäre schließlich nicht das erste Mal, dass die rätselhafte Katze ihnen einen Hinweis geben würde.

Ein Blitz zuckte durch den Raum und Kija machte einen Satz in die Luft. Dann stand sie einfach nur zitternd da und wartete.

Kim nahm das Tier auf den Arm.

Julian musterte die Türen in ihrer Nähe. Jetzt klappte eine blutrote Pforte auf und ein irres Lachen ertönte, das sich zu einem hysterischen Kreischen steigerte.

Prompt überzog eine Gänsehaut die Arme des Jungen. Er hielt sich die Ohren zu und wandte rasch den Blick von dieser Pforte ab.

Krachend schlug die Tür zu und ein neuer, weitaus angenehmerer Ton eroberte den Zeitraum: das Geläut von Kirchenglocken.

Julian nahm die Hände von den Ohren.

Sein Puls beschleunigte sich. Gab Tempus ihnen gnädigerweise doch noch ein Zeichen?

„Kirchenglocken!“, rief der Junge. „Vielleicht ist das ein Hinweis. Denkt doch nur an den Dom!“

„Ja!“, antwortete Leon nicht minder aufgeregt und drehte sich um seine eigene Achse. „Aber von wo kommt das Geläute?“

Auch Kim und Julian spähten in alle Richtungen.

Dabei fiel Julians Blick auf ein besonders breites und hohes Holztor mit goldenen Beschlägen. Die Zahl darüber lag im Dunkeln und war nicht zu erkennen

Plötzlich erzitterte die Pforte unter einem heftigen Schlag. Späne flogen den Freunden entgegen. Unwillkürlich wichen sie ein wenig zurück.

Noch ein Hieb, mit furchtbarer Wucht geführt. Ein Riss tat sich im Holz auf. Die Beschläge verbogen sich, ein Nagel schoss wie ein Pfeil in die Tiefen des Zeitraumes.

„Was … was ist das?“, stotterte Julian, während er noch einen Schritt zurück machte.

Die Antwort folgte prompt. Begleitet von einem infernalischen Splittern und dumpfen Läuten brach eine riesige Kirchenglocke aus Bronze durch die Pforte. Es regnete Holztrümmer.

Dann schwang die Glocke wieder in die andere Richtung und verschwand in der Schwärze, die dort alles beherrschte.

Unvermittelt war Ruhe eingekehrt und es schien, als halte Tempus für einen Moment die Luft an.

Furchtsam wagten sich die Gefährten an das zerstörte Tor heran, von dem bis auf den Rahmen nichts mehr übrig war.

Julian blickte nach oben. Und jetzt, da er direkt vor der Pforte stand, konnte er die Zahl entziffern, die darüber stand: 1164!

„Klappt doch“, sagte er zu seinen Freunden.

Dann fassten sich die Gefährten an den Händen. Mit aller Kraft dachten sie an Köln. Das war die Voraussetzung, dass der Zeitraum sie auch an den richtigen Ort brachte.

„Sollen wir?“, fragte Julian erneut.

Ein zweifaches Ja war die Antwort.

„Gut“, sagte der Junge nur.

Dann machten die Gefährten den entscheidenden Schritt nach vorn – und fielen in ein unendliches schwarzes Nichts aus Zeit und Raum.

Tumult am Dom

Grelles Sonnenlicht blendete Leon, als er durch eine dicke Mauer trat. Es war sommerlich warm. Neben ihm tauchten Julian und Kim auf. Das Mädchen hatte nach wie vor Kija auf dem Arm.

Blinzelnd schaute sich Leon um.

Um ihn herum herrschte großes Gedränge. Zwei Bauarbeiter in grober Kluft, die ächzend eine schwer beladene Karre vor sich herschoben. Edle Damen in langen Gewändern und mit bestickten Hauben, die ihre Köpfe zusammensteckten und kicherten. Ein einäugiger Bettler, der zu den Frauen schaute, wohl in der Hoffnung auf eine milde Gabe. Ein Händler, der misstrauisch nach rechts und links spähte, bevor er die Tür seines Hauses sorgsam verschloss. Schließlich eine Gruppe Kinder, die lärmend in eine Gasse stürmte und von einem Bauern beschimpft wurde, der einen Käfig mit Hühnern trug und fast von den Kleinen umgerannt worden wäre. Der Bauer war mit *Bruch* und *Beinlingen* sowie mit klobigen Holzschuhen bekleidet.

Trotz der vielen Leute um sie herum schien niemand die heimliche Ankunft der Gefährten bemerkt zu haben.

Leon sah den Kindern nach und erblickte am Ende des Sträßchens einen breiten Fluss.

„Das kann nur der Rhein sein!“, sagte er zu den anderen.

In diesem Moment dröhnten über ihnen Kirchenglocken.

Die Freunde drehten sich um und schauten nach oben.

„Diese Glocken haben wir doch gerade schon gehört“, sagte Kim. Dann blickte sie kritisch an sich herab. Sie trug jetzt einen schlichten dunklen Kittel, der ihr bis zu den Knöcheln reichte und an der Taille gegürtet war. Ihre Füße steckten in festen Halbschuhen aus Leder.

„Ja, im Zeitraum“, meinte Julian und nickte. Tempus hatte ihn und Leon mit Hosen aus grobem Stoff, weiten hellen Hemden und Lederschuhen ausgestattet. Die Freunde waren nicht gerade schick gekleidet, aber zweckmäßig.

Leon musterte das *romanische* Gotteshaus mit seinem knapp einhundert Meter messenden *Langhaus* und den beiden *Querhäusern* an dessen Enden. Die dreischiffige *Basilika* besaß zwei Glockentürme an der westlichen Wand. Durch einen dieser Türme hatte Tempus die Freunde nach Köln geschickt. Noch höher

waren die beiden Türme über der *Vierung,* die das Langhausdach überragten.

Jetzt näherte sich eine große Gruppe Pilger dem Gotteshaus. Einige murmelten Gebete, anderen schwiegen und hielten die Köpfe demütig gesenkt.

„Wir sind garantiert am Hildebold-Dom“, wisperte Julian. „Die Pilger sind bestimmt gekommen, um den geheimnisvollen goldenen Schrein mit den Gebeinen der Heiligen Drei Könige zu bewundern.“

„Das will ich auch“, meinte Leon spontan. „Ob wir einfach in die Kirche spazieren können?“

Die Freunde schoben sich zum Hauptportal. Davor stauten sich jetzt bereits an die einhundert Pilger. Viele von ihnen hatten einen langen Wanderstab dabei und trugen am Gürtel eine *Gurde*.

„Irre, was hier los ist! Die Gebeine scheinen wirklich eine große Anziehungskraft zu haben“, staunte Kim, die inzwischen die Katze runtergelassen hatte.

Kija war das Geschiebe jedoch nicht geheuer. Ein kurzer Maunzer, und schon war sie wieder in Kims Armen.

„Stimmt“, meinte Leon, der sich auf die Zehenspitzen gestellt hatte, um herauszufinden, warum es nicht weiterging.

„Das Tor ist verschlossen. Davor stehen Wachen“, stellte er fest.

Dann wandte er sich an einen bärtigen Mann in einer

langen Kutte, der ziemlich weit vorn stand, und fragte: „Was ist denn da los?“

Der Bärtige hob die Hände zum Himmel. „Großer Gott, das frage ich mich auch. Ich bin extra aus dem hohen Norden angereist – aus Lübeck, weißt du? Wochenlang war ich zu Fuß unterwegs, um die Gebeine zu sehen. Und jetzt? Geschlossen ist der Hildebold-Dom, einfach geschlossen!“

„Aber warum?“

„Irgendwelche Bauarbeiten, heißt es. Aber das ist doch lächerlich.“

„Zurücktreten!“, rief einer der beiden *Büttel* am Portal. „So tretet doch zurück! Sonst kommt noch jemand zu Schaden bei diesem Gedränge.“

Die Sorge war durchaus berechtigt, weil von hinten immer mehr Gläubige folgten und gegen die anderen vor ihnen brandeten, die vom Portal und den Bütteln aufgehalten wurden wie eine Welle von der Kaimauer.

Leon drehte sich zu den anderen um. „Das ist ja blöd. Und jetzt?“

„Bauarbeiten dauern ja nicht ewig“, vermutete Julian. „Außerdem könnten die Arbeiten für uns eine Chance sein. Vielleicht können wir uns dabei nützlich machen. Schließlich brauchen wir Geld und eine Unterkunft, wenn wir in den nächsten Tagen in Köln über die Runden kommen wollen.“

„Gute Idee“, meinte Kim. „Da vorn laufen mehrere Arbeiter herum. Lasst uns mal nachfragen.“

Die Freunde verließen die Pilgerschar und gingen ein Stück am Langhaus entlang.

Durch einen Nebeneingang der Kirche strömten Bauarbeiter ein und aus. Manche trugen Werkzeuge, andere Balken und Bleiplatten. Ein breitschultriger Hüne war dabei, die zähe Mörtelmasse mit einer *Speishaue* umzurühren. Wenige Schritte entfernt drehte ein Zimmermann mit einem *Löffelbohrer* ein Loch in einen Balken.

Sie alle wurden von einem kleinen kräftigen Mann mit hervorquellenden Augen gnadenlos angetrieben.

„Seid ihr sicher, dass wir dort Arbeit suchen sollen?“, fragte Julian unsicher.

Leon winkte ab. „Klar, dann sind wir direkt am Geschehen. Und vielleicht können wir einen Blick auf die Gebeine werfen – im Gegensatz zu den Pilgern. Was machen die Arbeiter da eigentlich? Was ist denn kaputt?“

Leon wagte sich an zwei Männer heran, die neben einem schweren Balken standen, und fragte nach.

„Ein Gewitter“, meinte der eine Arbeiter und wischte sich den Schweiß von der Stirn.

Der andere bekreuzigte sich. „Es war schrecklich!“, sagte er mit weit aufgerissenen Augen.

„Und geregnet hat das! Und dann ist auch noch ein Blitz in unser schönes Gotteshaus eingeschlagen. Das Dach wurde beschädigt, außerdem ein Träger und viele der Bleiplatten. Das alles müssen wir nun ausbessern."

„Verstehe, deshalb ist der Dom auch für die Pilger geschlossen", sagte Leon.

„Genau. Niemand darf den Dom betreten, bis wir fertig sind."

Da erklang eine ärgerliche Stimme.

„Was quatscht ihr da rum?", brüllte der Mann mit den hervorquellenden Augen die beiden Arbeiter an. „Dafür werdet ihr nicht bezahlt, verflucht noch mal. Bringt den verdammten Balken her!"

„Das ist Adam, unser Vorarbeiter", sagte einer der Männer leise. „Ein elender Sklaventreiber! Außerdem flucht er immer ganz gotteslästerlich."

Rasch bückten sich die beiden und wuchteten den Balken auf ihre Schultern. Schon wollten sie losmarschieren.

„Einen Moment noch", bat Leon. „Wir sind – äh – neu in der Stadt und suchen Arbeit und ein Dach über dem Kopf."

„Ja, wir können gut anpacken", rief Kim.

Die Männer musterten sie argwöhnisch. „Ein Mädchen wie du? Was willst du auf einer Baustelle?"

„Was soll denn das heißen?", brauste Kim auf.

„Unterschätzt sie besser nicht", riet Julian.

Adam deutete mit dem Finger auf die Träger. „Was ist jetzt mit euch? Braucht ihr das schriftlich? Ach, Unsinn, lesen könnt ihr Schwachköpfe ja sowieso nicht. Ich kann euch jedoch auch anders Beine machen, wenn ihr nicht spurt!“

„So ein Mistkerl“, zischte einer der Arbeiter wütend. „Aber mit uns kann er es ja machen. Er weiß, dass wir nichts anderes finden werden, um unseren Lebensunterhalt zu verdienen. Wir sind ja nur arme *Tagelöhner* …“

Nun wankten die beiden mit ihrer Last los. „Falls ihr wirklich hier arbeiten wollt, müsst ihr Adam fragen“, meinte einer der beiden noch.

„Na toll“, sagte Leon zu seinen Freunden. „Das kann ja heiter werden. Wir sollten am besten …“

Er brach mitten im Satz ab, weil hinter ihnen ein Tumult ausbrach.

Die Gefährten drehten sich um und sahen eine aufgebrachte Menge, die einer jungen Frau in Lumpen hinterherrannte. Vorn liefen ein dicker Büttel, der einen Stock schwang, und eine andere Frau, die ihre Fäuste schüttelte und heftig keifte.

Die barfüßige Frau hetzte genau auf die Freunde zu. Aus ihren Augen schrie Panik.

Die Wahrsagerin

„Haltet sie auf, bitte! Sie bringen mich sonst um!“, flehte die zerlumpte Frau, als sie an ihnen vorbeiflitzte.

Kim war entsetzt – was konnte die Frau schon so Schlimmes getan haben, dass man sie töten wollte?

Das konnte sie unmöglich zulassen! Also streckte Kim den Fuß aus, als der zornige Büttel auf ihrer Höhe war.

Prompt hob der Mann ab, flog ein Stück durch die Luft und klatschte mit dem Kopf voran in die zähe Masse des Mörtelmischers. Die anderen Verfolger stoppten.

„Komm da sofort raus!“, schrie der Mörtelmischer den Büttel an. „Du ruinierst mir meine Arbeit!“

Der Büttel schüttelte sich wie ein nasser Hund, riss dem Arbeiter die Speishaue aus der Hand und stapfte damit auf Kim zu.

„Das warst doch du, oder?“, brüllte er, während das graue Zeug an ihm herablief.

Rasch wich Kim zurück. Aus dem Augenwinkel beobachtete sie, wie die junge Frau in den Lumpen hinter der westlichen *Apsis* des Doms verschwand. Sie schien in Sicherheit zu sein – im Gegensatz zu Kim und ihren Freunden.

Kim spürte Leon und Julian hinter sich. Kija machte einen Buckel und fauchte.

„Äh … ja!“, meinte Kim. Sie wich noch einen Schritt zurück und überlegte fieberhaft, wie sie sich retten konnte. Plötzlich rief sie: „Guck mal, da oben schwebt ein rosa Elefant!“ Dabei deutete sie zum Dach des Doms.

„Hä, ein was?“, fragte der Büttel irritiert, schaute aber brav in die angegebene Richtung.

„Los, Jungs!“, zischte Kim und sprintete an dem Mann vorbei, die anderen im Schlepptau.

„Halt, du Miststück!“, brüllte der Mann zornig.

„Ich bin kein Miststück, Dicker!“, rief Kim, während sie, so schnell sie konnte, davonrannte.

Da schleuderte der Büttel die Speishaue wie einen Speer hinter den Freunden her. Er verfehlte sie um gut einen Meter, traf dafür aber den Vorarbeiter Adam an der Schulter.

„Verdammt, welcher Idiot war das?“, knurrte der und hob das Werkzeug auf.

„Ich nicht. Aber das ist … äh … meine Speishaue“, meinte der Mörtelmischer vorsichtig.

„Halt die Klappe, Blödmann! Ich will wissen, wer versucht hat, mich umzubringen!“

„Der Dicke da!“, meinte Kim, als sie an ihm vorbeihetzte und deutete mit dem Daumen über die Schulter.

Adam kam nicht dazu, Rache zu nehmen. Er wurde von dem Büttel und den anderen Verfolgern einfach über den Haufen gerannt.

Kim zog den Kopf ein und sauste zwischen den beiden Trägern hindurch, die nach wie vor den schweren Balken geschultert hatten. Leon folgte und schließlich kamen auch Kija und Julian, der dem einen Träger in den Bauch pikste.

Der Mann zuckte zusammen und senkte dabei die Last.

Bong! Der Büttel, der ebenfalls gerade unter dem Balken hindurchrennen wollte, krachte mit dem Kopf gegen das Holz, dass die Mörtelreste nur so aus seinen Haaren flogen. Er schrie auf, fiel nach hinten und landete auf seinem großen Hintern. Die Meute, die ihm gefolgt war, stolperte über ihn. Auch die Träger gingen samt ihrer Last zu Boden. Ein Knäuel aus Leibern, Armen und Beinen entstand.

„Wer hat euch erlaubt, euch hinzulegen und Pause zu machen? Geht alle zur Hölle!“, hörte Kim den freundlichen Vorarbeiter Adam noch brüllen.

Dann bogen auch die Freunde um die westliche Apsis und tauchten in der Menge unter. Sie liefen jetzt auf einen großen freien Platz zu.

„Das war knapp", keuchte Julian.

„Ja", erwiderte Kim. „Aber auch irgendwie lustig."

Leon grinste. „Du hast echt Humor, Kim."

„Möchte mal wissen, was die Frau ausgefressen hat", sagte das Mädchen.

Da wurde Kim am Ärmel gezupft. Erschrocken schaute sie zur Seite und erblickte die junge Frau, die eben noch von der Menge gejagt worden war.

Sie zog Kim und ihre Freunde in eine winzige Gasse.

„Danke, dass ihr mir geholfen habt", sagte die Frau dort leise. „Ich heiße Ketlin."

„Gerne geschehen", sagte Kim und stellte sich, die Jungen und die Katze vor. Wie immer bei ihren Zeitreisen erzählte sie, sie seien arme Waisenkinder und auf der Suche nach Arbeit und einem Dach über dem Kopf.

„Oh, dann seid ihr wohl so arm wie ich", seufzte die junge Frau. Sie war spindeldürr, hatte ein hübsches, etwas spitzes Gesicht mit lebhaften dunklen Augen und Sommersprossen. „Mein Mann ist viel zu früh gestorben. Weil er mir nichts hinterlassen hat, schlage ich mich nun als Wahrsagerin durchs Leben."

„Du sagst den Leuten ihre Zukunft voraus?", fragte Kim nach.

Ketlin zögerte. „Na ja, ich lese ihnen aus der Hand. Ich versuche es zumindest. Und dann sage ich den Menschen das, was sie hören wollen, und verlange dafür einen *Pfennig*. Das funktioniert oft ganz gut. Manchmal aber auch nicht …“

Ketlin setzte sich in Bewegung und spähte aus der Gasse. Von ihren Verfolgern war nichts zu sehen.

„Ihr und eure hübsche Katze habt noch keine Bleibe, oder?“, fragte sie die Gefährten.

„Nein“, gaben die Freunde zu.

„Ihr könnt bei mir Unterschlupf finden – als kleines Dankeschön für meine Rettung sozusagen“, meinte die junge Frau lächelnd.

„Oh, das wäre wunderbar!“, rief Kim sofort.

„Aber erwartet bloß nicht zu viel“, warnte Ketlin. „Ich bin bettelarm.“

„Nein, nein“, sagten die Gefährten schnell. „Hauptsache, wir müssen nicht auf der Straße übernachten.“

„Gut, kommt mit“, sagte Ketlin und lief auf den *Alten Markt* zu. In der Mitte stand der *Kacks*. Im Pranger wurde ein Mann zur Schau gestellt. Die Wahrsagerin erklärte den Freunden, dass es sich um einen Betrüger handelte.

Kim schaute sich um. Die zumeist schmucklosen Häuser, die den Markplatz säumten, verfügten über höchstens zwei Stockwerke. Die Gebäude waren auf massiven Steinsockeln errichtet worden. Der Aufbau bestand aus Fachwerk. Die *Gefache* waren mit Holz,

Reisiggeflecht oder Lehm gefüllt. Links erhob sich die mächtige Klosterkirche *Groß Sankt Martin*.

„Ich kann auch ein paar Zaubersprüche", erklärte Ketlin jetzt. „Sie bewirken, dass sich jemand in einen anderen verliebt oder dass ein verlorener Gegenstand wieder auftaucht."

Kim grinste. „Wirklich? Sag mal einen!"

Ketlin grinste zurück. *„Nettor gedede in munda, Casisa, hasisa, mesisa medantor, wagor, Ruffus huß."*

„Was heißt das übersetzt?", wollte Kim wissen.

„Keine Ahnung", erwiderte die Wahrsagerin lachend. „Das habe ich mir ausgedacht! Es klingt doch großartig, oder?"

„Auf jeden Fall", meinte Kim. „Und dein Zauberspruch wirkt?"

„Vielleicht. Man muss einfach daran glauben."

Kim schüttelte kaum merklich den Kopf. Irgendwie mochte sie Ketlin, auch wenn die junge Frau vermutlich oft so log, dass sich die Balken bogen.

Jetzt gelangten sie rechter Hand zu einer Halle, in der Brot verkauft wurde. Daneben hatten die Hosenmacher und Haubennäherinnen ihre Stände, gegenüber die Lederschneider. Überall herrschte dichtes Gedränge, das noch zunahm, als sie weiter in die Altstadt vordrangen und den *Heumarkt* erreichten. Hier wurden Salz, Zwiebeln und Flachs, aber auch Hüte, Käse, Pfeffer und Kohlen angeboten. Ein Stück weiter gelangten sie zu den Fleischbänken, wo Rinder-, Schaf- und Lammfleisch sowie Schinken, Speck und Sülze angepriesen wurden.

Daran schloss sich der *Kotzmarkt* an. Kim erschauderte. *Kotzmenger* verkauften Innereien von Tieren wie Pansen, Leber, Herzen, Lungen und Därme.

„Was hast du denn angestellt, dass dir der Büttel und die anderen auf den Fersen waren?", forschte Kim jetzt nach.

Die Wahrsagerin blies die Backen auf. „Das war ein … äh … Missverständnis."

„Ach ja?"

„Nun, es war so: Ich hatte einer jungen Frau aus der Hand gelesen und ihr gesagt, dass der reiche Mann, den sie liebt, sie ebenfalls mag", gestand Ketlin. „Dafür habe ich ihr einen Pfennig abgeknöpft. Die Frau war begeistert und wollte wissen, ob sie ihren Liebsten denn auch heiraten würde. Ich sah die Chance, noch etwas hinzuzuverdienen. Für diese Auskunft verlangte ich aber fünf Pfennige. Die erhielt ich auch, nachdem ich der Frau versprochen hatte, dass bald die Hochzeitsglocken läuten würden …"

„Und?"

„Na ja, die Glocken haben geläutet und der junge Mann hat auch heute Morgen geheiratet – dummerweise aber nicht meine Kundin, sondern eine andere Frau", berichtete die Wahrsagerin. „Und jetzt war die junge Dame ein wenig wütend, hat mich des Betrugs bezichtigt und mir den Büttel und diese Meute auf den Hals gehetzt!“

Kim schaute zu Leon und Julian. Sie alle mussten lächeln.

„Vielleicht sollte ich mir eine andere Arbeit suchen, aber das ist so schwer für eine junge Witwe“, fuhr Ketlin fort und seufzte erneut. „Eine feste Anstellung wäre ein Traum. Dann könnte ich dem ganzen Elend entrinnen.“

Nun bog Ketlin nach links in eine Gasse ein, die so schmal war, dass sich die hervorspringenden Dächer fast berührten. Die Häuser waren in einem ziemlich erbärmlichen Zustand. Es roch nach Tiermist und verbranntem Kohl.

Die Wahrsagerin führte die Gefährten durch ein wahres Labyrinth von winzigen Sträßchen in der Nähe der Stadtmauer am Rhein, kletterte unter einem Gatter hindurch, schlüpfte durch das Loch einer Mauer und näherte sich schließlich von hinten einem besonders düsteren und traurigen Gebäude. Dort blieb Ketlin stehen und schaute kurz in beide Richtungen. Als sie sich vergewissert hatte, dass niemand zu sehen war, schlüpfte sie durch die kaputte Hintertür in das Haus und zog die Freunde mit sich.

„So, da wären wir“, sagte sie im Flur, in dem es nach Schimmel und Mäusekötteln stank. „Das Haus ist, wie ihr seht, völlig verfallen. Niemand kümmert sich darum. Also sind wir da einfach eingezogen und haben nun ein Dach über dem Kopf."

„Wir?", fragte Kim nach.

Ketlin betrat einen niedrigen, dunklen Raum. „Oh ja, ich vergaß, Michel zu erwähnen ..."

In dem Zimmer hockte jemand auf dem Boden vor einer Kiste, die als Tisch diente und auf der eine einsame Kerze stand. Jetzt hob die Gestalt den Kopf. In dem wenigen Licht, das durch das einzige und sehr kleine Fenster fiel, erkannten die Freunde einen Mann Mitte zwanzig, der ebenfalls in Lumpen gekleidet war. Sein Gesicht war pockennarbig, die Nase glich einer großen Knolle. Aus den Augen unter den buschigen Brauen schossen misstrauische Blicke.

„Wer sind denn die?", fragte er mürrisch.

„Freunde", sagte Ketlin. „Sie haben mich gerade vor einer heftigen Tracht Prügel bewahrt, wenn nicht vor mehr. Sie bleiben ein paar Tage hier, weil sie nicht wissen, wohin sie gehen können."

Michel grunzte. Er schien wenig begeistert von Ketlins Gastfreundschaft zu sein.

„Oben ist noch Platz, sie werden uns nicht stören", meinte die junge Frau sanft.

„Aber um euer Essen müsst ihr euch selbst kümmern", grollte Michel. „Wir haben nichts zu verschenken."

„Ist schon klar“, sagte Kim und stellte sich und ihre Gefährten zum zweiten Mal an diesem Tag vor.

Dann setzten sie sich um die Kiste. Ketlin berichtete von der Verfolgung. Als sie vom Sturz des Büttels in die Mörtelmasse erzählte, taute Michel etwas auf und lachte sogar.

Kija glitt zu ihm und erlaubte ihm, sie unter dem Kinn zu streicheln.

„Kann sie auch gut jagen?“, fragte Michel.

„Und ob“, meinte Kim. „Mäuse, Ratten, Hunde und sogar Menschen, wenn es darauf ankommt.“

Jetzt musste der Mann noch mehr lachen. Anschließend schilderte er, wie sein Tag bisher gelaufen war. Dabei wurde er wieder ernst und mürrisch.

Die Freunde erfuhren, dass er ein armer Tagelöhner war, der immer wieder auf Arbeit hoffte, aber selten eine fand – so wie heute, als er es auf der Baustelle am Dom versucht hatte. Und wenn er mal ein paar Pfennige verdiente, so zog er damit gerne in ein Brauhaus und spielte Karten. Es wurde um Geld gespielt und leider gehörte Michel auch dabei offenbar meistens zu den Verlierern.

„Na ja, ich werde heute Abend noch mal mein Glück versuchen. Es sind ja viele Pilger in der Stadt, und vielleicht ist der eine oder andere dabei, den ich um ein paar Pfennige erleichtern kann“, meinte Michel. Er schüttelte den Kopf. „Ich verstehe nicht, warum diese Leute alle nach Köln kommen. Als würde es ihnen etwas nützen, diese Gebeine zu sehen. Gott ist ungerecht, er belohnt nicht diejenigen, die in die Kirchen pilgern, die ihm zu Ehren errichtet wurden. Schaut mich an! Gott bestraft mich jeden Tag, aber für was, das weiß ich nicht. Ich gehe nicht mehr in die Kirche.“

Kim wurde nachdenklich. Dieser Michel war wirklich zutiefst verbittert. Sie wandte sich an Ketlin: „Hast du die Gebeine schon gesehen?“

„Nein“, erwiderte sie. „Der Dom ist seit Tagen geschlossen, und niemand außer den Geistlichen hat die Gebeine bisher betrachten dürfen. Schließlich sind die Reliquien erst seit Kurzem in Köln. Doch schon bald soll der geheimnisvolle Schrein mit den Gebeinen erstmals gezeigt werden. Der genaue Tag ist aber noch streng geheim. Unser Erzbischof *Rainald von Dassel* und sogar Kaiser *Barbarossa* werden dabei sein, habe ich gehört.“

Michel winkte nur ab. Ihn schien das alles wenig zu interessieren.

Doch Kim war aufgeregt und sehr neugierig. „Weißt du, woher die Gebeine stammen?“, fragte sie vorsichtig bei Ketlin nach. „Wie kamen sie nach Köln?“

Die junge Frau hob bedauernd die Schultern. „Sie waren einfach da, sagt man. Aber wie gesagt, es wird ein großes Geheimnis darum gemacht. Deshalb sind auch alle so aufgeregt!"

„Ich nicht", brummte Michel.

„Ja, du nicht", lachte Ketlin. „Aber alle anderen. Ganz Köln ist wie im Fieber. Außerdem strömen aus allen Teilen der Welt Menschen in unsere Stadt und wollen den Schrein mit den Reliquien sehen."

Ja, dachte Kim. Doch vielleicht war auch jemand darunter, der den goldenen Schrein mitsamt seinem so wertvollen Inhalt stehlen wollte ...

Über diesem Gedanken musste sie gähnen. Auch Michel, Ketlin und die Jungen waren müde. Es war für sie alle ein anstrengender und aufregender Tag gewesen. So beschlossen sie, sich zur Ruhe zu begeben. Die Freunde durften im ersten Stock des alten Hauses schlafen. Betten gab es nicht, noch nicht mal eine Matte oder eine Decke. Es wurde reichlich ungemütlich, aber die Gefährten waren so erschöpft, dass sie sofort in einen traumlosen Schlaf fielen.

Das Messer unter der Kutte

Am nächsten Morgen teilten Ketlin und Michel mit den Freunden ein hartes Stück Brot und einen Krug Wasser aus einem öffentlichen Brunnen.

„Das war das letzte Mal", knurrte Michel. „Ab jetzt müsst ihr euch euer Essen selbst besorgen."

„Wir wollen auf der Baustelle Arbeit finden", kündigte Julian an. „Dann können wir uns hoffentlich etwas kaufen."

„Ich gehe auch zum Dom", erwiderte Michel kauend. „Vielleicht habe ich ja heute mehr Glück als gestern."

Ketlin grinste. „Und ich werde versuchen, jemandem aus der Hand zu lesen. Aber im Marktviertel lass ich mich lieber nicht blicken."

Wenig später standen Julian, Kim, Leon und Michel in einer Schlange von Tagelöhnern vor dem Nebeneingang zum Dom. Kija war in der Bruchbude geblieben. Der Dachboden schien ein hervorragendes Jagdrevier zu sein.

Langsam rückte die Schlange vor und schließlich

standen auch die vier Arbeitswilligen vor Adam und einem anderen Mann, der mit seinem vorn spitz zulaufenden Filzhut, dem bestickten dünnen Wams und dem weißen Hemd viel feiner gekleidet war als der Vorarbeiter.

„Das ist Baumeister Johannes Kerk", flüsterte Michel den Freunden zu. „Ein kluger Mann, der die Reparaturen leitet. Er ist auch viel freundlicher als …"

„Was kannst du, du Hungerleider?", wurde Michel in diesem Moment von Adam angeblafft. Der Vorarbeiter stand hinter einem Stehpult mit einem Stück *Pergament*, einem Tintenfass und einem Federkiel. „Was hast du gelernt?"

„Ich kann gut zupacken und bin sehr fleißig", erwiderte Michel unterwürfig.

Adam verdrehte die Augen. „Also hast du nichts gelernt, Nichtsnutz. Und fleißig wollt ihr alle sein! Aber was seid ihr wirklich? Faul und aufsässig, verflucht noch mal! Das gilt sicher auch für die drei Zwerge, die du da mitgeschleppt hast."

„Wir sind nicht faul", stellte Julian klar. Langsam wurde er sauer. Dieser Adam war wirklich ein furchtbarer Kerl!

„Aber aufsässig, das merke ich schon", knurrte Adam. Nun schaute er sich Julian genauer an und kniff die Augen zusammen. „Kennen wir uns nicht, war da nicht gestern was?"

Julian und seine Freunde blickten zu Boden. Hatte der Kerl sie etwa wiedererkannt?

„Nein, wir sind ganz neu in der Stadt", sagte Julian. „Und wir sind wirklich sehr fleißig."

„Ihr könnt von Glück reden, dass wir heute viele Leute brauchen, weil das Dach schnell repariert werden muss. Erzbischof von Dassel ist ungeduldig, er will den Dom so schnell wie möglich wieder für die Pilger öffnen", sagte Baumeister Kerk und befahl Adam: „Stell alle vier für heute ein. Wenn sie nichts taugen, zahlst du ihnen einfach keinen Lohn. Falls sie so gut sind, wie sie behaupten, gib ihnen pro Kopf zwei Pfennige."

Sichtlich widerwillig gehorchte der Vorarbeiter und notierte die Namen der neuen Helfer und ihren Lohnanspruch auf dem Pergament.

Dann wurden die vier zu einem Stapel mit bereits zugesägten Balken geschickt. „Bringt sie in den Dom zur Winde", befahl Adam.

Julian und Leon sowie Kim und Michel bildeten Zweierteams, die jeweils versuchten, einen Balken zu schultern.

„Mann, ist der schwer!", ächzte Julian.

„Und wie!", jammerten auch Kim und Leon.

„Unglaublich, dass Adam euch Kindern eine solche Arbeit aufbürdet", meinte da ein Mann mit Bart. „Überlasst das mal schön mir und meinem Bruder. Ihr nehmt die kleinen Teile, die Seile da zum Beispiel oder die kleineren Bleiplatten."

Die Freunde bedankten sich, während Michel einen anderen Tagelöhner suchte, der ihm half.

„Gern geschehen", erwiderte der bärtige Arbeiter freundlich. „Ich bin übrigens der Franz. Und das ist mein Bruder Lorenz. Er ist leider stumm. Aber er hat Kraft wie ein Ochse!"

„He, was ist da los?", erklang da die gereizte Stimme von Adam. Schon stürmte er heran. „Warum geht es nicht voran? Und wieso, zur Hölle, machen diese Zwerge nicht das, was sie sollen?"

„Die Balken sind zu schwer für sie", stellte sich Franz vor die Freunde. „Das sieht doch jeder!"

„Was willst du damit sagen, Schwachkopf? Meinst du, ich weiß nicht, was jemand kann und was nicht?" Adam begann, Franz auf die Brust zu pochen wie ein Specht auf einen hohlen Stamm, und der Tagelöhner senkte den Blick.

„Du bist dumm geboren, hast nichts dazugelernt und wirst daher immer dumm bleiben", fuhr Adam gehässig fort. „Du bist doch noch nicht mal in der Lage zu schreiben oder zu lesen, oder?"

Franz nickte und begehrte nicht auf.

Julian vermutete, dass der Tagelöhner Angst hatte, seine Arbeit zu verlieren, und sich daher einiges gefallen ließ.

Der Vorarbeiter pickte unverdrossen auf die Brust von Franz. „Siehst du? Und wie kommt dann ein Blödmann wie du auf die Idee, mir erzählen zu wollen, was …“

Weiter kam er glücklicherweise nicht, weil Kerk ihn zu sich rief. Neben dem Baumeister stand ein Mann mit einem akkurat gestutzten Oberlippen- und Kinnbart sowie lockigem Haar „Das ist der Erzbischof von Dassel“, sagte Michel mit wenig Begeisterung in der Stimme.

Eilig stapfte der Vorarbeiter davon.

„Dieser Adam ist so ein Mistkerl“, zischte Franz leise. Als er sah, wie von Dassel, Adam und Kerk hinter dem Dom verschwanden, sagte er zu den Freunden: „Wir nehmen die Balken, ihr die Seile und Platten.“

„Danke“, sagte Julian und machte sich mit seinen Freunden an die Arbeit.

Schon betraten sie den Dom, in dem es stark nach Weihrauch roch. Mönche in weiten Kutten huschten durch das Gotteshaus.

Vor dem *Petrusaltar* im westlichen *Chor* knieten zwei weitere Mönche, die ins Gebet vertieft waren und sich nicht vom Baulärm stören ließen.

Julian erhaschte einen kurzen Blick auf das große *Gerokreuz*, das im Langhaus neben dem Grabmal des Erzbischofs Gero stand. Exakt in der Mitte des Langhauses befand sich noch etwas, das Julians Interesse weckte: ein länglicher Kasten, der unter einem Tuch verborgen war. Er war nur etwa einen Meter lang, fünfzig Zentimeter breit und dreißig Zentimeter hoch. Darüber hing ein Leuchter mit fünfundsiebzig Kerzen.

Julians Herz schlug schneller. „Ob der Kasten dort der geheimnisvolle Schrein ist?“, fragte er leise seine Freunde.

„Bestimmt“, zischte Kim. „Sollen wir mal das Tuch anheben?“

„Bloß nicht!“, warnte Leon. „Sonst fliegen wir sofort raus!“

Er schob die anderen weiter.

Kim grummelte etwas vor sich hin, das so ähnlich klang wie: „Ich komme wieder!“

Sie gelangten zu einem Seil, das von der Decke baumelte.

Julian sah hinauf und erblickte eine große Luke im hölzernen Dachboden. Am Rand der Luke war eine Winde montiert, mit der auch schwere Lasten nach oben transportiert werden konnten. Die Winde sah aus wie das Laufrad eines Hamsters, nur viel größer. Zwei Männer, die Windenknechte, fanden darin Platz. Mit der Kraft ihrer Beine setzten sie das Rad in Bewegung: Traten sie nach vorn, wurde eine Last hinaufgezogen. Die Windenknechte brauchten nicht besonders schlau zu sein. Es reichte völlig, wenn sie ausgeprägte Beinmuskeln hatten.

Andere Arbeiter banden je zwei Balken zusammen und befestigten sie an den Seilen der Winde. Die Bleiplatten wurden in stabilen Körben verstaut.

Auf ein Kommando hin wurde das Baumaterial nach oben befördert. Die Freunde erhielten den Auftrag, weiteres Material heranzuschleppen.

Mit dieser Arbeit waren sie den ganzen Vormittag beschäftigt.

Nach einer knapp bemessenen Pause wurden die Gefährten jedoch von Adam auf den Dachboden kommandiert. Dort sollten sie helfen, die vom Blitzschlag beschädigten Bleiplatten auszutauschen.

Über eine Treppe in einem der Türme gelangten Julian, Kim und Leon auf den hölzernen Boden. Über ihnen wölbte sich das mächtige Dach des Doms. Die Gefährten wagten sich zur Luke vor. Gerade wurde wieder ein Korb mithilfe der Winde nach oben gehievt.

„Puh, geht das da tief runter“, ächzte Julian, als er am Rand der ungesicherten Öffnung stand. Er schätzte, dass es bestimmt fünfundzwanzig Meter waren. Ein falscher Schritt und … Nein, das malte sich der Junge lieber nicht aus.

Er bekämpfte den leichten Schwindel und schaute auf die Szenerie unter ihm im Langhaus. Männer wuselten hin und her, die Arbeiten waren in vollem Gange. Der Kasten stand unverändert unter dem Leuchter.

„Was ist mit euch? Packt ihr mit an oder dreht ihr Däumchen?“, wurden die Gefährten von einem bulligen Kerl angeraunzt. Rasch halfen sie mit und schleppten die schweren Bleiplatten vom Förderkorb zu den beschädigten Stellen. Dort wurden die Platten von Zimmerleuten und Dachdeckern eingesetzt.

Bald schmerzten Julian alle Muskeln. Kim und Leon ging es nicht besser.

„Kija hat es gut, die muss nicht so schuften“, meinte Kim, die die Katze vermisste. Sie ließ das schöne Tier in der Fremde nie gern allein, auch wenn Kija hervorragend auf sich selbst aufpassen konnte.

Man trieb sie weiter zur Arbeit an. Erst am frühen Abend war Schluss. Als Letzte wollten auch die Gefährten den Dachboden verlassen. Dabei kamen sie noch einmal an der Luke mit der Winde vorbei.

Julian warf einen flüchtigen Blick durch die Öffnung in das darunterliegende Mittelschiff. Plötzlich stutzte er.

Ein Mann mit einer *Mitra* kniete gerade vor dem Kasten unter dem Leuchter nieder und faltete die Hände zum Gebet.

„Das ist doch ... der Erzbischof von Dassel“, wisperte Julian.

Gespannt verfolgten die Freunde die Szene. Sonst war gerade niemand im Dom zu sehen.

„Das muss der goldene Schrein mit den Gebeinen

sein!“, flüsterte Julian eindringlich. „Sonst würde von Dassel nicht davor beten!“

Da näherte sich dem Erzbischof von hinten eine Gestalt im Mönchsgewand. Der Unbekannte bewegte sich völlig geräuschlos, sodass von Dassel ihn unmöglich bemerken konnte. Die Kapuze hing ihm tief ins Gesicht.

Jetzt war der Mönch nur noch wenige Schritte vom Erzbischof entfernt. Aus dem linken Ärmel zog er etwas hervor, das im Sonnenlicht, das durch die Kirchenfenster fiel, aufblitzte.

Julians Blut gefror.

Es war ein Messer mit einer furchterregend langen Klinge!

Besuch um Mitternacht

Der Attentäter hob die Waffe, um sie in den Rücken seines vor ihm knienden Opfers zu rammen.

Leon reagierte am schnellsten. Er schrie eine Warnung und warf ein Stück Holz auf den Mönch, verfehlte ihn aber.

Der Mann stoppte die Stoßbewegung und blickte sich suchend um. Gleichzeitig wirbelte der Erzbischof herum und erkannte die Gefahr. Er drehte sich abrupt wieder um, floh in die Tiefen der Kirche und rief gellend um Hilfe.

Kim und Leon ergriffen gemeinsam eine Bleiplatte und ließen sie nach unten fallen, wo sie genau vor die Füße des Mönches krachte. Der Mann starrte jetzt nach oben, wobei die Kapuze nach hinten rutschte, und entdeckte die Gefährten.

Leon schluckte. Der Attentäter hatte ein grobes, breites Gesicht mit einer platten Nase und schmalen Lippen. Sein Blick war lauernd und kalt, wie der eines Raubtieres, das sein Opfer in die Enge getrieben hatte.

„Memento mori. Mors certa, hora incerta!", rief der Mann mit heiserer Stimme und deutete auf Leon.

Der Junge erschauderte.

Vergiss nicht, dass du sterben musst! Der Tod ist sicher, nicht aber sein Zeitpunkt, hieß das aus dem Lateinischen übersetzt. Das wussten Leon und seine Freunde von ihren zahlreichen Abenteuern im antiken Rom.

Irgendwo schlug eine Tür und nun kam Bewegung in den unheimlichen Mönch. Er rannte zu einer der Nebenpforten im Mittelschiff und schlüpfte hindurch.

„Mist, er entkommt!", zischte Leon.

Von allen Seiten strömten jetzt Arbeiter und Geistliche zum Erzbischof und kümmerten sich um ihn.

„Der Mönch! Ergreift ihn!", brüllte von Dassel und deutete auf die Tür, durch die der Attentäter gerade geflohen war.

Augenblicklich setzten einige Männer dem Mönch nach.

„Schnell runter", sagte Leon und rannte zur Treppe, die anderen im Schlepptau.

Kurz darauf standen sie schnaufend bei von Dassel. Der Geistliche zitterte am ganzen Körper.

„Ein Anschlag auf mein Leben – und das in unserem Dom!", stammelte er fassungslos.

„Zum Glück ist Euch nichts geschehen", sagte einer der Mönche demütig.

„Gütiger Herr, habt Ihr denn erkannt, wer Euch nach dem Leben trachtete?“, fragte ein anderer.

Der Erzbischof schüttelte den Kopf. „Nein, es ging alles viel zu schnell. Außerdem hatte dieser Kerl die Kapuze seines *Habits* tief ins Gesicht gezogen!“

„Aber wir haben sein Gesicht gesehen!“, wagte sich nun Leon vor.

„Was, ihr? Drei Kinder?“, fragte von Dassel überrascht. „Wer seid ihr überhaupt?“

Leon stellte sich und die Freunde kurz vor. Dann beschrieb er das Gesicht des Täters und endete mit dem Hinweis: „Wir waren es auch, die Euch vor dem Angriff warnten.“

Das Gesicht des Erzbischofs hellte sich auf. „So bin ich euch zu großem Dank verpflichtet. Der Dombaumeister soll euren Lohn verdoppeln.“

Leon lächelte in sich hinein. Wie großzügig ...

Da flog eine Tür auf und mehrere Mönche und Arbeiter stürmten herein. Einer hatte eine *Kutte* unter dem Arm.

„Seht, was wir in der *Judengasse* gefunden haben, ganz in der Nähe des Rathauses!“, rief der Mann mit der Kutte.

„Ein Mönchsgewand, wie unschwer zu erkennen ist“, murmelte der Erzbischof. Er grübelte einen Moment, bevor er fortfuhr: „Vermutlich trug es der Täter über seiner normalen Kluft, um ungehindert in den

Dom zu gelangen, der ja noch für das normale Volk geschlossen ist. Nach dem missglückten Anschlag auf mein Leben zog dieser schändliche Kerl die Kutte aus und ist jetzt irgendwo in der Stadt untergetaucht. Alarmiert die Büttel. Sie sollen jeden Winkel von Köln durchkämmen! Die Kinder hier haben den Täter genau gesehen. Lasst ihn euch von ihnen beschreiben und macht die Beschreibung dann überall bekannt."

„Sehr wohl", sagte der Mann mit der Kutte und beeilte sich, den Auftrag auszuführen.

Am frühen Abend saßen die Freunde mit Ketlin und Michel zusammen in der trostlosen Behausung der beiden.

Kija hatte sich auf Leons Schoß zusammengerollt und ließ sich ausgiebig kraulen.

„Ein Anschlag auf den Erzbischof", flüsterte Ketlin entsetzt, nachdem die Gefährten berichtet hatten. „Aber warum nur? Warum will jemand Rainald von Dassel töten?"

Niemand antwortete.

Auch Leons Gedanken kreisten um diese eine Frage. Schließlich meinte er: „Vielleicht hatte es der Täter auch auf die Gebeine abgesehen. Der Erzbischof war ihm nur im Weg. Von Dassel war sozusagen zur falschen Zeit am falschen Ort."

„Das ist reine Spekulation", meinte Michel geringschätzig. „Denn warum sollte jemand die morschen Knochen haben wollen?"

„Michel!", rief Ketlin empört. „Wegen dieser Reliquien kommen Tausende in unsere Stadt!"

„Na und? Was haben wir davon? Macht uns das satt?"

Die junge Frau schwieg, und so fuhr Leon fort: „Meiner Meinung nach ist der Täter sehr zielstrebig vorgegangen. Zunächst besorgte er sich eine Mönchskutte …"

„Besorgt? Er muss sie irgendwo geklaut haben", verbesserte Michel ihn.

„Von mir aus. Dann verbarg er das Messer unter der Kutte und passte einen Moment ab, als im Dom nicht mehr viel los war", ergänzte Leon, den bereits wieder der kriminalistische Ehrgeiz gepackt hatte.

„Apropos Kutte", nahm Julian den Faden auf. „Eigentlich müsste jemand ein Mönchsgewand vermissen."

Leon schnippte mit den Fingern. „Stimmt. Den Besitzer des Habits sollten wir ausfindig machen. Womöglich hat er irgendetwas beobachtet."

„Wieso wir? Was geht uns das an?", meinte Michel schroff. „Das ist eine Sache der Büttel. Sollen die sich doch mal um so etwas kümmern und nicht immer nur armen Leuten wie uns nachjagen."

Ketlin nickte. „Recht hast du.“

„Wie ist es dir überhaupt ergangen?“, fragte Michel. „Was hat dir deine Wahrsagerei heute eingebracht?“

„Nichts“, gestand Ketlin und schniefte. „Niemand wollte sich aus der Hand lesen lassen. Man hat mich überall fortgejagt.“

„So ist diese Welt“, grummelte Michel und starrte dumpf vor sich hin. „Einfach nur ungerecht und schlecht.“

„Wir haben immerhin den doppelten Lohn bekommen“, sagte Julian.

„Pah, das Doppelte von so gut wie nichts“, grollte Michel.

Leon ließ sich nicht beirren. Lachend meinte er: „Adam ist es sichtlich schwergefallen. Wie der geguckt hat, als er den Betrag auf seiner Liste notiert hat und ihn auszahlen musste. Für das Geld bekommen wir Brot und Wurst. Das ist doch was! Wir teilen es mit euch.“

Nun strahlte Ketlin. „Danke, das ist wunderbar!“

Sogar Michel wirkte etwas freundlicher.

Die Freunde liefen zum nahen Markt und erstanden einen frischen Laib Brot und eine dicke, fettige Wurst. Für Kija kauften sie in der *Lintgasse* unweit der Kirche Groß St. Martin, wo sich die offenen Buden der Fischhändler drängten und es

intensiv nach Fischen wie Wels, Aal und Hering roch, auch einen Happen. Kim, die keinen Fisch mochte, rümpfte die Nase. Sie drängte die anderen dazu, schnell zu ihrer Bleibe zurückzukehren.

„Ich habe Angst, dass der unheimliche Mönch uns jagt“, meinte sie unvermittelt.

„Wieso denn das?“, fragte Julian erschrocken.

Statt Kim antwortete Leon. „Ich weiß, was du meinst, Kim. Er hat unsere Gesichter gesehen. Und er ahnt, dass wir ihm gefährlich werden könnten. Denn bei einer Gegenüberstellung könnten wir bezeugen, dass er es war, der versucht hat, den Erzbischof zu töten.“

Julians Puls beschleunigte sich. „Daran habe ich noch gar nicht gedacht! Aber ihr habt Recht.“

Leon klopfte ihm auf die Schulter. „Mach dir keine Sorgen. Unseren Unterschlupf findet der bestimmt nicht. Und auch wenn ihm das gelänge, darfst du nicht vergessen, dass wir zu fünft sind.“ Er warf einen schnellen Blick zur Katze, die den Fisch bereits verputzt hatte, und korrigierte sich: „Zu sechst natürlich. Und vielleicht können wir den Spieß ja umdrehen.“

„Wie meinst du das?“, wollte sein Freund wissen.

„Wir könnten versuchen, den Täter zu finden“, meinte Leon. „Immerhin wissen wir, wie er aussieht. Und nicht nur das: Wir wissen auch, dass der Mann sehr gebildet sein muss. Er spricht Latein. Drittens muss er Zugang zu einem Kloster gehabt haben, um die Kutte zu stehlen!“

„Vielleicht hat der Täter ja auch einen Mönch überfallen, ihn niedergeschlagen und ihm die Kutte geraubt“, überlegte Kim.

„Einspruch!“, widersprach Leon. „Dann hätte man in ganz Köln gewusst, dass sich ein falscher Mönch herumtreibt. Garantiert hätte man genauer hingeschaut, wer den Hildebold-Dom betritt. Ich vermute eher, dass der Attentäter die Kutte heimlich, still und leise gestohlen hat und der Diebstahl zum Zeitpunkt des Attentates noch gar nicht bemerkt worden war. Wir sollten uns in der Stadt umhören, ob irgendein Mönch inzwischen seinen Habit vermisst. Das hatte Julian ja auch schon überlegt. Vielleicht können wir der Sache morgen nach der Arbeit auf den Grund gehen.“

Jetzt hatten sie das Gassengewirr am Rhein erreicht. Nach einigem Suchen fanden sie das verfallene Haus in der Nähe der Stadtmauer wieder und schlüpften hinein.

Ketlin und Michel schauten sie schon mit großen hungrigen Augen an. Leon teilte Wurst und Brot in exakt gleich große Stücke. Michel schlug seine Zähne in seinen Wurstzipfel, dass das Fett nur so spritzte.

Als es allmählich dunkel wurde, zogen sich die Freunde in den ersten Stock des alten Hauses auf ihre harten Schlafplätze zurück. Der schiefe Holzboden quietschte und knarrte bei jedem ihrer Schritte.

„Hoffentlich kracht die Bruchbude nicht zusammen, wenn einer von uns mal hustet“, scherzte Leon, faltete sein Hemd zusammen und schob es unter den Kopf. Kija glitt zu ihm und rollte sich auf seinem Bauch zusammen.

Ihre Augen waren nur noch schmale Schlitze und für einen Moment glaubte der Junge, die Katze würde ausnahmsweise mal nicht auf die nächtliche Jagd gehen, sondern auf seinem Bauch einschlafen.

Doch der Eindruck trog. Die schöne Katze holte sich nur ein paar Streicheleinheiten bei Leon ab und wiederholte dies bei Julian und Kim. Dann reckte und streckte sie sich ausgiebig und schlich auf samtenen Pfoten durch die nur angelehnte Tür.

Die Jagd war eröffnet.

Gegen Mitternacht kauerte das satte Tier auf dem halb eingestürzten Dach des Hauses. Von hier sah Kija auf den im Mondlicht silbern glänzenden Rhein. Vom Fischmarkt wehte eine Prise Heringsduft in ihre Nase. Doch sogleich wurde ihre Aufmerksamkeit von etwas anderem beansprucht. Ein struppiger magerer Köter streunte durch eine der Gassen unter ihr. Der Hund blieb stehen und hob die Schnauze. Kija musterte ihn abschätzig von ihrem erhöhten Platz. Ein leises Knurren, dann trollte sich der Köter.

Da drang ein Fauchen an Kijas gespitzte Ohren. Sie drehte die Muscheln wie Antennen in die richtige Richtung. Zwei Artgenossen sprangen einen Baum hinauf und verbargen sich dort. Dann hallten Schritte durch die Nacht. Drei Männer stiefelten heran und kamen genau auf das alte Haus zu, in dem die Freunde sowie Ketlin und Michel schliefen.

Jetzt wurde das Trio langsamer. Einer der Männer legte einen Finger auf seine Lippen und deutete auf die kaputte Tür.

Kija duckte sich, ihre Ohrmuscheln waren nach vorn gedreht und die Augen weit geöffnet: Zeichen für höchste Aufmerksamkeit.

Jetzt zogen die Gestalten Tücher vor ihre Gesichter. Das gefiel der Katze überhaupt nicht. Sie fauchte.

Einer der Männer schaute zu ihr hoch, nahm einen Stein und warf ihn nach dem schönen Tier.

Elegant wich die Katze dem Geschoss aus. Dann legte sie die Ohren an und ihre Augen verengten sich zu Schlitzen. Nun war Kija bereit zum Angriff. Sie duckte sich, machte einen weiten Satz, landete auf einem Mäuerchen, flitzte darüber, hob erneut ab und sprang den Steinewerfer an. Ein Hieb mit der rechten Tatze über die Wange, ein Biss in den Hals: Der Mann brüllte auf und schlug nach der Katze, die sich allerdings längst davongemacht hatte und bereits im Flur des Hauses war.

Kija sauste hinauf zu Kim, Leon und Julian und weckte die Freunde, indem sie ein Mordstheater veranstaltete.

„Was ist denn los?", grummelte Leon schlaftrunken. Er tastete nach einem Lichtschalter, bis ihm einfiel, dass er nicht in Siebenthann war, sondern im mittelalterlichen Köln.

Es war nahezu stockduster. Nur durch ein Loch in der Wand, wo früher vielleicht mal ein Fenster gewesen sein mochte, fiel etwas Mondlicht.

Kija schien sich gar nicht mehr beruhigen zu können.

„Was ist denn los?", wiederholte Leon.

Von Julian und Kim war jeweils herzhaftes Gähnen zu hören.

„Vielleicht will Kija mit dir Mäuse jagen, Leon", witzelte Kim. „Aber du bist ..."

„Psst, sei mal still!", bat Leon. Er hatte ein Poltern gehört.

Mit klopfenden Herzen lauschten die Freunde in das verfallene Haus.

Wieder polterte etwas, dann waren erregte Stimmen zu hören.

Leon sprang auf. „Das sind doch Ketlin und Michel! Streiten die sich etwa?“

„Da sind noch andere Stimmen“, meinte Julian leise. „Ich fürchte, da stimmt etwas nicht!“

Mit Kija schlichen die Freunde die Treppe nach unten.

Die Stimmen und das Poltern wurden lauter.

„Verflucht!“, zischte Leon, als er im Flur stand und in das trostlose Zimmer linste, das sich ihre Gastgeber teilten.

Fünf Schemen rangen miteinander. Flüche und Schreie wurden laut. Irgendetwas krachte um und zerbrach.

„Wo sind die verdammten Kinder?“, schrie eine Stimme.

„Die Kinder kriegst du nicht, aber das kannst du haben!“, erklang Michels wütende Stimme, gefolgt von einem Klatschen.

Das war eine saftige Ohrfeige, ahnte Leon.

„Genau“, rief Ketlin. „Und das bekommst du als Dreingabe! Und das, und das, und das!“

Jetzt klang es, als würde jemand mit einem Hammer einen Nagel einschlagen. Ein furchtbares Heulen war die Reaktion, unterbrochen von Schmerzensschreien.

Nun flog an Leon und seinen Freunden, die noch unschlüssig dastanden, ein Schatten vorbei: Es war Kija, die sich ins Getümmel stürzte und sich dank ihrer fan-

tastischen Katzenaugen viel besser orientieren konnte. Fauchen, kratzen, beißen: Kija teilte kräftig aus.

Schon gab der erste Angreifer auf und stürmte aus dem Raum. Leon verpasste ihm einen Tritt in den Hintern, sodass der Vermummte regelrecht in die Gasse flog.

Angreifer Nummer zwei floh ebenfalls. Ihm stellte Kim in gewohnt gekonnter Manier ein Bein. Der Mann krachte gegen den morschen Türrahmen und taumelte von dort zu seinem Komplizen, der sich gerade aufrappelte.

Dem dritten Täter erging es kaum besser. Ihm hing zum einen die beißwütige Katze am linken Arm, zum anderen bekam er Michels Faust in den Rücken und schließlich auch noch einen Holzscheit an den Kopf, den Ketlin trotz der miesen Lichtverhältnisse mit erstaunlicher Präzision geworfen hatte.

Jammernd verschwanden die Angreifer in der Nacht.

Leon rieb sich die Hände. „Die wären wir erst einmal los“, freute er sich. Kija kam zu ihm und schnurrte.

„Ja, erst einmal“, sagte Kim. „Aber wer sagt uns, dass die Kerle nicht wiederkommen?“

„Was können die überhaupt von euch gewollt haben?“, rätselte Michel.

Kim sah ihn düster an: „Das liegt doch auf der Hand. Wir haben den Attentäter gesehen. Man wollte uns als Zeugen beseitigen …“

Der Mönch

Am nächsten Morgen, es war ein Samstag, beschlossen die Freunde, sich eine neue Unterkunft zu suchen. Die Angst, erneut angegriffen zu werden, war einfach zu groß.

„Ich habe schon eine Idee“, sagte Ketlin, als sie das wenige Brot aßen, das vom Vortag übrig geblieben war. „In der Nähe gibt es ein anderes Haus, das bei einem Feuer beschädigt und verlassen wurde. Niemand hat sich bisher die Mühe gemacht, es abzureißen. Nach der Arbeit können wir es uns ja mal anschauen.“

Kurz darauf waren die Freunde mit Michel auf der Baustelle am Dom. Kija blieb erneut daheim und erkundete das Revier, Ketlin wollte heute hoch zur Kirche *St. Maria im Capitol,* um dort ihr Glück als Wahrsagerin zu versuchen.

Vorarbeiter Adam stellte Kim, Leon, Julian und Michel erneut für diesen Tag ein. Auch Franz und sein stummer Bruder Lorenz waren dabei.

„Da seid ihr ja wieder“, grollte Adam, als er die Gefährten sah. „Ich hoffe, ich muss für euch faules Pack nicht wieder das Doppelte bezahlen."

„Faul? Pack?" Kim stemmte die Arme in die Seiten. „Was bildet Ihr Euch ein?

„Kim!", flehte Julian. „Bitte sei still!"

Doch es war zu spät. Das Mädchen war sauer. Und wenn Kim sauer war, konnte niemand sie bremsen.

„Wir arbeiten mehr als Ihr. Ihr steht doch nur rum und brüllt!", blaffte sie den Vorarbeiter an.

Dem drohten fast die Augen aus dem Kopf zu fliegen, sein Gesicht überzog eine gefährliche Röte.

„Was sagst du da, verflucht noch mal? Du kriegst gleich eine Tracht Prügel!", drohte er.

„Wagt nicht, sie anzurühren", knurrte in diesem Moment Michel und schob die fadenscheinigen Ärmel seines Hemdes hoch. Seine Hände waren zu Fäusten geballt.

Als sich auch noch Julian und Leon sowie Franz und Lorenz vor Kim stellten, hielt Adam sich zähneknirschend zurück. „Wir sprechen uns noch", grollte der Vorarbeiter und deutete auf Kim, die ihn mit hocherhobenem Kopf ansah. „Und jetzt geht an eure Arbeit!"

Auch heute mussten die Freunde wieder Baumaterial in den Dom schleppen.

Gegen Mittag tauchte hoher Besuch auf: Erzbischof Rainald von Dassel erschien mit seinem Gefolge und steuerte auf Dombaumeister Kerk zu.

Kim, Leon und Julian, die gerade ein Fuhrwerk entluden, traten neugierig näher.

So hörten sie, dass sich von Dassel bei Kerk erkundigte, wie weit die Reparaturen gediehen seien.

„Alles läuft nach Plan!“, verkündete Kerk stolz. „Schon am Dienstag sollten wir fertig werden, so Gott will.“

„Dienstag …“, echote der Erzbischof. „Könnten wir denn bereits morgen einen Gottesdienst halten? Die Stadt ist voller Pilger und anderer gottesfürchtiger Menschen. Und sie alle wollen in den Dom.“

Der Baumeister nickte. „Ja, das wäre möglich. Zumindest für einen Tag könnten wir das Baumaterial aus dem Mittelschiff räumen und am Montag weitermachen.“

Von Dassel war zufrieden. „Ihr seid ein guter Mann, Dombaumeister. Dann könnten wir ja wirklich morgen zur Tat schreiten.“

„Darf ich erfahren, was Ihr vorhabt, Erzbischof?“

„Nein, das dürft Ihr nicht. Noch nicht.“ Von Dassel wandte sich zum Gehen. „Der Herr sei mit Euch.“

Kim lächelte in sich hinein. Sie ahnte, was von Dassel plante: Bestimmt wollte der Erzbischof den Kölnern und den Pilgern die Gebeine der Heiligen Drei Könige erstmals präsentieren!

„Einen Moment noch“, bat sie und erntete überraschte Blicke der Jungs.

Widerwillig schaute von Dassel auf das Mädchen in den armseligen Klamotten und seine Freunde. „Was willst denn du … ah, jetzt erinnere ich mich: Ihr seid die drei Kinder, die mich mit Gottes Hilfe vor dem teuflischen Kerl mit dem Messer bewahrten."

Kim nickte eifrig. „Ja, ich wollte Euch fragen, ob die Büttel den Mann schon gefasst haben."

„Nein, leider nicht", erwiderte der Erzbischof. „Aber sie suchen weiter. Ich erwarte Ergebnisse."

„Wurde jemandem aus dem Dom eine Kutte gestohlen?", forschte Kim weiter nach.

„Gütiger Gott, du kannst vielleicht Fragen stellen!", meinte von Dassel. Er zwinkerte dem Mädchen zu. „Aber ich weiß, worauf du hinauswillst, mein kluges Kind. Der Täter trug eine Kutte – und die hat er vermutlich entwendet. Doch niemand aus dem Hildebold-Dom vermisst ein Ordenshabit."

Dann segnete er Kim, Leon und Julian und ging.

„Schade, hier kommen wir nicht weiter", flüsterte Kim den Jungs zu.

„Ja, wir müssen uns also in der Stadt umhören. Wo könnte der Täter noch an eine Kutte herangekommen sein?", überlegte Leon.

Am späten Nachmittag waren die Arbeiten für diesen Tag beendet und die Freunde bekamen wie die anderen ihren kargen Lohn. Mit Michel liefen sie zu ihrer alten

Unterkunft und wurden von Kija freudig begrüßt. Da Ketlin noch nicht zurück war, beschlossen die Gefährten, den Umzug in die Abendstunden zu verlegen und erst einmal ihre Nachforschungen anzustellen.

„Wer könnte denn wissen, wo dieses Ordenshabit herkam?“, grübelte Julian, als sie in der Gasse vor dem alten Haus standen. Kija sprang übermütig um seine Beine herum.

„Am ehesten ein Mönch. Unter den Geistlichen wird sich es am schnellsten herumsprechen, falls einer von ihnen überfallen wurde“, glaubte Kim. „Fangen wir bei der Kirche Groß Sankt Martin an. Die ist doch nicht weit weg.“

Gesagt, getan – und die Freunde hatten Glück: Von einem der dortigen Mönche erfuhren sie, dass zwar keiner seiner Mitbrüder in Groß Sankt Martin, wohl aber ein Mönch namens Severin in der Kirche *St. Johann Baptist* überfallen und seiner Kutte beraubt worden sei.

„Nichts wie hin, vielleicht hat dieser Mönch etwas beobachtet!“, rief Kim, nachdem sie sich den Weg zur Kirche St. Johann Baptist hatten erklären lassen.

Sie liefen zunächst hinauf zur Kirche St. Maria im Capitol, hielten sich dort links und gelangten über die *Hohe Pforte* und durch das Südtor vor die Kölner

Stadtmauer. Von hier war es nur noch ein kurzer Marsch zu ihrem Ziel.

Zur Kirche gehörte eine große Pilgerherberge, die aus allen Nähten platzte, stellten die Freunde fest. Es war ein ständiges Kommen und Gehen.

Mühsam fragten sie sich zu Severin durch und fanden ihn im Kräutergarten der Kirche.

Der Mönch, der ihnen als ein besonders kluger Mann geschildert worden war, wunderte sich zunächst über die Fragen der Gefährten, doch dann berichtete er bereitwillig.

„Ich bin der *Botanicus* hier und kümmere mich um die Pflanzen unseres Gotteshauses. Gestern Abend war ich gerade in unserem *Herbarium*, als mir plötzlich jemand von hinten einen Schlag versetzte“, sagte er und deutete auf eine stattliche Beule am Hinterkopf. „Ich wurde bewusstlos und der Täter stahl meine Kutte, Gott steh mir bei!“

„Also habt Ihr das Gesicht des Täters nicht gesehen“, schloss Kim, während Kija begeistert an den vielen Kräutern schnüffelte – vor allem am Baldrian.

„Nein, sonst hätte ich den Bütteln ja Hinweise geben können. So habe ich gar nichts gesagt, weil mir der Vorfall unendlich peinlich war – ein Mönch ohne Gewand im Herbarium, großer Gott! Natürlich hat sich die Sache dennoch hier in St. Johann Baptist herumgesprochen. Der Bruder, der mich gefunden und mir

wieder auf die Beine geholfen hat, war so aufgeregt, dass er es überall herumerzählte."

„Die Büttel oder der Erzbischof in Köln wissen aber bisher nichts von dem Überfall?", hakte Kim nach.

Severin schüttelte den Kopf. „Ich hoffe nicht, zumindest was unseren ehrwürdigen Erzbischof angeht. Bei dem Ganzen kann es sich doch nur um einen üblen Scherz handeln, denn die einfache Kleidung eines demütigen Gottesmannes ist schließlich nicht viel wert."

„Für jemanden, der sich als Mönch tarnen will, vielleicht schon", erwiderte das Mädchen. „Sicher habt Ihr von dem Angriff auf Euren Erzbischof gehört …"

Es dauerte ein wenig, bis Severin begriff. „Du meinst, der Täter attackierte von Dassel in meinem Gewand? Großer Gott, das wäre furchtbar!"

Kim wunderte sich ein wenig, dass der so kluge Severin nicht von selbst auf diese Idee gekommen war.

„Ja", antwortete sie. „Das kann gut sein. Ihr solltet Euren Erzbischof davon unterrichten."

Der Mönch sog die Luft hörbar ein. Die Sache schien ihm nach wie vor ziemlich unangenehm zu sein. „Äh ja, darüber werde ich zumindest nachdenken. Und jetzt muss ich wieder an meine Arbeit."

Als die Freunde vor dem Kräutergarten standen, sagte Kim: „Ich würde wetten, dass in beiden Fällen derselbe Täter zugeschlagen hat."

„Das glaube ich auch. Trotzdem wäre es hilfreich

gewesen, wenn Severin den Kerl gesehen hätte. Dann hätten wir die Gewissheit", meinte Leon und begann, an seinem linken Ohrläppchen zu zupfen – wie immer, wenn er scharf nachdachte.

„Ich könnte mir gut vorstellen, dass der Täter in dieser Herberge untergeschlüpft ist", ergänzte er.

„Genau!", nahm Kim den Faden auf. „Denn so hatte er die Gelegenheit, sich ein Opfer unter den Mönchen zu suchen!"

Leon nickte. „Du sagst es."

„Dann sollten wir uns hier mal unauffällig umschauen", schlug Julian vor.

Kim und Leon waren einverstanden. Die Gefährten betraten das für jedermann zugängliche Herbergsgelände neben der Kirche, das von Pilgern aus vielen Ländern bevölkert wurde. Die verschiedensten Sprachen und Dialekte waren zu hören.

Plötzlich zuckte Kim zusammen. „Da vorn, links!", zischte sie den Jungen zu.

Leon und Julian drehten die Köpfe in diese Richtung und erschraken ebenfalls.

Da war der Attentäter, kein Zweifel! Das grobe, breite Gesicht mit der platten Nase und den schmalen Lippen. Er stand an einem Brunnen vor dem Gebäude mit den Schlafsälen und war in ein Gespräch mit einem anderen Mann vertieft. Jetzt fiel der kalte Blick des Täters auf die Gefährten.

Ein Ruck ging durch seinen massigen Körper, seine Kinnlade fiel herunter. Dann ließ er seinen Gesprächspartner einfach stehen und wandte sich zur Flucht.

„Haltet ihn auf!“, rief Kim. „Er ist …“

Dummerweise begannen in diesem Moment die Kirchenglocken zu läuten und übertönten die Rufe des Mädchens. Daher reagierte niemand.

„Mist, alles muss man selbst erledigen!“, schimpfte Kim und nahm mit den Jungen und der Katze die Verfolgung auf.

Der Attentäter war, obwohl er eher schwerfällig wirkte, ein schneller und ausdauernder Läufer, stellten die Gefährten fest, als sie ihm in Richtung der Kölner Stadtmauer hinterherjagten. Unbehelligt schlüpfte er durch das Südtor und schlängelte sich durch die Massen zum Heumarkt und schließlich zum Alten Markt. Er flitzte zum Dom, wo sich eine große Menschenmenge versammelt hatte, und genau hier verloren die Gefährten den Mann aus den Augen.

„So ein Pech!“, rief Kim, während sie erschöpft austrudelte. „Lass mich mal auf deine Schultern, Leon.“

Der Junge gehorchte und Kim benutzte ihn als Ausguck. Sie spähte in alle Richtungen, doch der Attentäter war wie vom Erdboden verschluckt.

„Du wirst langsam schwer“, maulte Leon.

„Willst du damit sagen, dass ich dick bin?“

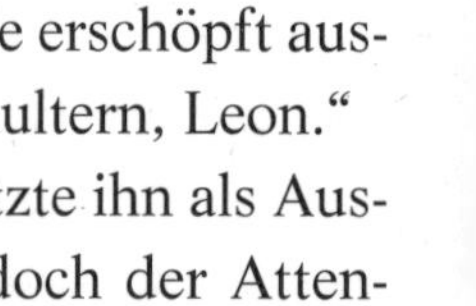

„Quatsch, nur schwer.“

„Dein Glück“, meinte Kim feixend. „Oh, da vorn sind Ketlin und Michel.“

Dann kletterte sie von Leons Schultern.

„Mal was anderes: Was ist hier eigentlich los, warum sind hier so viele Leute?“, fragte Julian.

„Finden wir es heraus“, antwortete Kim und drängelte mit den Jungen und der Katze zu Ketlin und Michel.

„Der Kaiser soll gleich kommen!“, beantwortete Ketlin die entsprechende Frage der Gefährten. „Barbarossa höchstpersönlich! Wir haben gehört, dass er etwas Bedeutsames sagen möchte. Mehr wissen wir aber auch nicht.“

Michel war mürrisch wie eh und je. „Es interessiert mich auch gar nicht, was er sagt. Ich bin nur hier, weil Ketlin mich darum gebeten hat. Könnte ja sein, dass einer ihrer Kunden, der hier in der Menge weilt, noch eine Rechnung offen hat und Ketlin Unterstützung braucht.“

Ketlin winkte ab. „Ach was …“

Die Freunde sonderten sich ein Stück von den beiden ab und kletterten auf ein unbewachtes Fuhrwerk, von dem aus sie eine viel bessere Sicht auf das Geschehen hatten. Die Menschen, darunter viele Pilger, blickten allesamt nach vorn zum Portal des Hildebold-Doms.

Kurz darauf tauchten schwer bewaffnete Reiter auf. Ein Raunen ging durch die Menge, es wurde geschoben und geschubst.

„Zurück, zurück!“, brüllten die beiden Reiter, denen nun weitere folgten.

Jetzt ging ein Aufschrei durch das Volk. „Der Kaiser, der Kaiser! Hoch lebe der Kaiser!“

Die Freunde sahen, wie ein großer Mann mit einem roten Bart heranritt, der von weiteren Reitern eskortiert wurde.

„Da ist auch der Erzbischof!“, rief Kim und deutete auf den Mann mit der Mitra, der auf einem Schimmel saß und sich direkt hinter dem Kaiser befand.

Die Menge kniete nieder und jubelte beiden Männern zu. Kim erkannte, dass sich nur Michel zurückhielt.

Jetzt hob Barbarossa die Hand und brachte damit alle zum Schweigen.

„Morgen zur *Terz* wird der Dom endlich wieder für einen Gottesdienst geöffnet sein!“, donnerte seine tiefe Stimme über die Köpfe der Leute hinweg. „Doch dieser Gottesdienst wird kein normaler sein. Denn morgen werden wir dabei euren Augen etwas bieten, was diese noch nie gesehen haben …“

„Was ist es?“, schrie ein junger Mann. „Sagt es uns, mein Gebieter!“

„Die Gebeine, die Gebeine!“, kam es von einer anderen Seite des Domvorplatzes und die Menge heulte auf.

Wieder gebot der Kaiser Ruhe.

„Wir werden euch einen goldenen Schrein präsentieren, in dem sich etwas Einmaliges befindet“, verkündete Barbarossa strahlend. „Reliquien von unschätzbarem Wert! Die Gebeine der Heiligen Drei Könige!“

Die Leute begannen regelrecht zu toben und die Ritter hatten alle Hände voll zu tun, sie davon abzuhalten, bereits jetzt in den Dom zu drängen.

„Zurück, zurück!“, brüllten sie noch einmal.

Endlich beruhigte sich die Lage, und als Barbarossa wieder die Stimme erhob, herrschte gespannte Stille.

Diese wurde jedoch jäh unterbrochen – denn plötzlich surrte ein Pfeil über die Zuhörer hinweg. Die Spitze des todbringenden Geschosses war genau auf die Brust des Kaisers gerichtet.

„Nein!“, gellte Kims Stimme über den Platz.

Ein Werk des Teufels?

Der Pfeil verfehlte den Herrscher nur um Haaresbreite und bohrte sich stattdessen in den Schild eines Ritters, der mit seinem Pferd direkt neben Barbarossa hielt.

Andere Ritter zogen den Kaiser und auch den Erzbischof von den Tieren und schützten sie mit ihren Körpern.

In der Menge brach unterdessen Panik aus. Viele versuchten, vom Platz zu fliehen, und drängten in die umliegenden Gassen. Andere strömten in die Gegenrichtung, um im Dom Schutz zu suchen.

Wie eine Flutwelle brandeten die Körper gegen das Fuhrwerk, auf dessen Boden die Gefährten sich hatten fallen lassen. Kija maunzte kläglich und Kim schloss sie in die Arme, um sie zu beruhigen.

Wieder erschütterte ein Schlag das Fuhrwerk. Für einen Moment fürchtete Julian, dass es umkippen könnte. Bloß nicht! Sein Herz hämmerte. Ein feiger, hinterhältiger Anschlag auf den Kaiser! Wer steckte dahinter? Und von wo war der Pfeil gekommen? Zum Glück folgte kein weiteres Geschoss, und daher wagte

Julian es, vorsichtig über den Rand des Gefährts zu spähen und die Lage zu peilen.

„Sie bringen den Kaiser und den Erzbischof weg“, informierte er seine Freunde. „Und jetzt kommen von überallher Büttel.“

Wie Verkehrspolizisten versuchten die Männer, die Ströme der Menschen zu lenken. Ganz allmählich entspannte sich die Lage etwas, und schließlich konnten die Freunde vom Fuhrwerk klettern.

„Jemand wollte den Kaiser töten, ich fasse es einfach nicht“, stammelte Julian, der ziemlich blass um die Nase war.

„Ein Glück, dass ihm nichts passiert ist“, meinte Leon. „Ob irgendjemand den Schützen gesehen hat? Vielleicht wurde er ja sogar schon geschnappt …“

Julian hob die Schultern. „Vermutlich hat der Kerl auf einem der Dächer gelauert. In der Menschenmenge kann er ja schlecht gewesen sein, denn dann hätte man ihn daran gehindert, den Bogen zu spannen. Wo sind eigentlich Ketlin und Michel?“

Die Freunde liefen zu der Stelle, wo sie die beiden das letzte Mal gesehen hatten, und fanden zumindest Ketlin in einer wild diskutierenden Gruppe von Handwerkern, Pilgern, Bauern und Tagelöhnern.

„Ah, wo habt ihr denn gesteckt?“, fragte die junge Wahrsagerin, als die Freunde neben ihr standen. „Ist alles in Ordnung mit euch?“

„Ja", erwiderte Julian. „Weißt du, ob der Attentäter schon geschnappt wurde?"

„Er konnte wohl entkommen, hat gerade jemand erzählt", erwiderte sie. „Man sah eine Gestalt über die Dächer rennen und verschwinden."

„Über die Dächer", wiederholte Julian. „So etwas habe ich mir schon gedacht. Und wo ist Michel?"

„Keine Ahnung. Ich habe ihn vorhin im Getümmel aus den Augen verloren, noch bevor Barbarossa auf den Platz ritt. Vielleicht ist er einfach abgehauen. Die Ansprache des Kaisers hätte ihn ja sowieso nicht interessiert."

„Ich dachte, Michel wollte ein wenig auf dich aufpassen ..."

„Ja, aber er ist nun einmal ein sehr sprunghafter Mensch, man weiß nie, was er im nächsten Moment tut", antwortete die Wahrsagerin. „Und jetzt lasst uns gehen. Wir wollen uns ja noch unsere neue Bleibe anschauen."

Die neue Behausung lag nicht weit von der alten entfernt. Es handelte sich um eine ähnliche Ruine wie die frühere Unterkunft, mit dem Unterschied, dass das Gebäude noch ziemlich stark nach dem Feuer roch, das vor Kurzem in seinen Wänden gewütet hatte.

Im unteren Geschoss hockte Michel, düster und verschlossen wie immer.

Langsam hob er den Kopf, als die Freunde mit Ketlin eintraten.

„Wo warst du denn? Hast du schon gehört, dass jemand versucht hat, den Kaiser zu töten?", fragte die Wahrsagerin.

Michel winkte ab. „Natürlich. Aber wundert es dich? Barbarossa hat bestimmt viele Feinde!"

Er stand auf und starrte Ketlin böse an. „Und weißt du, warum? Weil er die kleinen Leute auspresst, um seine Burgen, den Hofstaat und das große Heer zu finanzieren. Dieser Mann hat ein kaltes Herz. Er sieht nur sich und seinesgleichen und will nur seinen Reichtum und seinen Ruhm vermehren!"

Michel spie die Worte förmlich in den Raum, er wirkte voller Bitterkeit und Hass.

Der nächste Tag war der 23. Juli des Jahres 1164. Julian, Kim und Leon gehörten mit Ketlin zu den Ersten, die in den Dom strömten. Sie wollten sich gute Plätze sichern, um nur ja nichts von der feierlichen Präsentation der Reliquien zu verpassen. Kim war es gelungen, Kija mit in den Dom zu schmuggeln. Das schöne Tier hatte sich zwischen Kim und Julian ganz klein gemacht und war für die anderen Kirchenbesucher kaum zu sehen.

Es waren schon viele Neugierige im Gotteshaus, darunter jede Menge Pilger. Nur Michel, der alldem anscheinend wenig abgewinnen konnte, war nicht mitgekommen.

Julian starrte auf den geheimnisvollen Schrein, der nach wie vor unter einem Tuch verborgen war.

Die Kirche füllte sich mehr und mehr und war schließlich proppenvoll. Vom Portal hörten die Freunde die Rufe der Enttäuschten, die keinen Platz mehr im Dom gefunden hatten. Sie bettelten und flehten, noch hereingelassen zu werden. Doch die Mönche, die für Ordnung sorgen sollten und von Bütteln unterstützt wurden, ließen sich nicht erweichen.

Dann begannen die Kirchenglocken zu läuten – es war so weit!

Julian, Kim, Leon und Ketlin drehten sich um und sahen, wie zwei Mönche aus der *Sakristei* kamen und das Kirchenschiff betraten. Der eine trug ein großes goldenes Kreuz, der andere schwenkte ein Weihrauchfass. Dahinter kamen weitere Mönche, gefolgt von höheren kirchlichen Würdenträgern. Ganz zum Schluss schritten Kaiser Barbarossa und Erzbischof von Dassel. Die Geistlichen nahmen ihre Plätze im Chorgestühl ein, die beiden Hauptpersonen ließen sich auf den für sie bestimmten thronartigen Sesseln ganz in der Nähe des Schreins nieder.

Dann wurde ein festliches Lied angestimmt, und

wer den Text konnte, sang mit. Anschließend erklomm der Erzbischof die Kanzel und hielt eine Predigt.

Julian hörte gar nicht richtig zu – er war viel zu gespannt auf den Schrein. Doch er musste sich wie alle anderen noch gedulden. Nach der Predigt folgte ein weiteres gemeinsames Lied, dann zitierte von Dassel eine Stelle aus der Bibel.

Im Langhaus wuchs unterdessen die Spannung immer mehr. Einige begannen schon unruhig zu werden.

Schließlich richtete von Dassel das Wort an den Kaiser und dankte ihm dafür, dass er geholfen habe, die Reliquien hier im Dom auszustellen. Und dann – endlich – folgte der von allen herbeigesehnte Moment: Mit einer großen Geste forderte der Erzbischof zwei der Geistlichen auf, das Tuch fortzuziehen.

Die beiden erhoben sich von ihren Plätzen, traten zu dem Schrein und ergriffen jeder einen Zipfel des Tuches. Auf ein Nicken Rainald von Dassels zogen sie und …

Von Dassel schrie auf, als er sah, was dort stand: Das war kein goldener Schrein, sondern eine alte Holzkiste, die von der Form und der Größe dem Schrein glich!

Barbarossa war aufgesprungen und deutete auf das hässliche Ding: „Verrat!“, brüllte er. „Betrug! Diebstahl!“

Auch alle anderen sprangen auf. Es wurde getuschelt und gemurmelt, aber es wurden auch Rufe der Enttäuschung und des Entsetzens laut. Die Büttel wirkten unschlüssig, sie wussten offensichtlich nicht, was sie tun sollten.

Von Dassel hob die Hände und begann zu jammern. Ein Mönch in seiner Nähe betete stumm.

In der Reihe vor den Freunden bekreuzigte sich eine alte Frau und zeterte: „Das ist eine Strafe Gottes. Der Herr will nicht, dass wir die Gebeine in dieser Kirche haben. Aber was haben wir getan? Wofür straft der Allmächtige uns?“

Leon schaute seine Freunde an. „Eine Strafe Gottes?“, flüsterte er. „Wohl kaum. Hier waren Diebe am Werk. Aber wie ist den Tätern das gelungen?“

„Ich wette, dass sie nachts zugeschlagen haben“, erwiderte Julian ebenso leise. „Tagsüber konnten die Schurken den echten Schrein kaum aus der Kirche schleppen.“

„Verschließt sofort alle Stadttore, lasst niemanden mehr hinaus! Keiner darf Köln mehr verlassen“, donnerte Barbarossas Stimme jetzt durch den Dom.

„Gute Idee“, kommentierte Julian. „Denn wenn die Täter wirklich in der vergangenen Nacht aktiv waren, dann sind sie vielleicht noch in Köln – mitsamt ihrer Beute.“

„Wie kommst du denn darauf?“, fragte Kim.

„Weil die Stadttore nachts garantiert geschlossen und bewacht werden“, erklärte Julian. „Ich vermute, dass die Diebe nun auf einen günstigen Zeitpunkt warten, um die Gebeine aus Köln zu schmuggeln.“

Jetzt ordnete der Erzbischof an, den Dom zu räumen. Enttäuscht und murrend gehorchte das Kirchenvolk.

Als die Freunde mit Kija und Ketlin durch das Portal gingen, bemerkte Julian, dass das Tor gerade untersucht wurde – von zwei Bütteln unter den strengen Blicken des Erzbischofs.

Die Gefährten blieben stehen und schauten gemeinsam mit einigen Pilgern zu.

„Keine Einbruchsspuren“, grollte von Dassel schließlich.

In diesem Moment kamen andere Büttel herangeeilt. Sie meldeten, dass auch die Seitentüren des Doms unversehrt waren.

„Hier waren offenbar höhere Mächte am Werk“, sagte der Erzbischof verzweifelt.

Einer der Pilger riss die Augen auf. „Ein Werk des Teufels“, hauchte er und legte sofort eine Hand auf den Mund, so erschrocken war er von seinen eigenen Worten.

„Schweig!“, blaffte von Dassel ihn auch sofort an und der Pilger senkte schuldbewusst den Kopf.

„Und jetzt geht!“, verlangte der Erzbischof.

Die Menge zerstreute sich. Auch Kim, Leon und Julian gingen mit der Katze einige Schritte zur Seite. Ketlin unterhielt sich gerade mit einer anderen jungen Frau.

„Keine Spuren an den Toren", grübelte Julian. „Dann bleibt eigentlich nur eine Möglichkeit, wie die Täter an die Beute gelangen konnten …"

Kim und Leon schauten ihn neugierig an.

„Das Dach", sagte Julian. „Ich bin mir ziemlich sicher, dass die Diebe diesen Weg gewählt haben. Vielleicht haben sie die Winde benutzt, um den goldenen Schrein nach oben zu hieven!"

„Ja, das könnte sein!", rief Kim. „Das sollten wir dem Erzbischof sagen."

Doch von Dassel war so von seinem Gefolge und von den Bütteln umgeben, dass die Gefährten gar nicht an ihn herankamen.

„Tja, dann werden wir eben allein Nachforschungen anstellen", schlug Julian vor. „Ich bin dafür, dass wir uns auf dem Dachboden umschauen. Vielleicht finden wir dort eine Spur!"

Die blaue Schlange

Es gelang den Freunden, sich wieder in den Dom zu mogeln. Dort herrschte immer noch ein ziemliches Durcheinander, denn nicht alle waren der Aufforderung der Büttel und Mönche gefolgt, das Gotteshaus zu verlassen. Einige Pilger versuchten sogar, an den falschen Schrein zu gelangen – als wollten sie sich persönlich vergewissern, dass dort nicht die Gebeine der Heiligen Drei Könige lagen.

Unbehelligt erreichten die Freunde die Treppe, die nach oben führte. Kija huschte geräuschlos voran und wuselte als Erste über den hölzernen Dachboden zur Winde. Leon folgte ihr als Zweiter. Während er auf Kim und Julian wartete, schaute er sich um. Dabei überlegte er, wie die Täter vorgegangen sein könnten. Sein Blick wanderte von der Winde zum Dach, das noch nicht komplett repariert war. Ein Stück blauer Himmel war zu sehen. Davor lagen Bleiplatten auf dem Boden, die vermutlich am nächsten Tag eingesetzt werden sollten.

Leon erklomm den kleinen Berg aus Platten und spähte aus dem Loch.

„Das Dach ist ziemlich flach“, sagte er zu seinen Freunden. „Man könnte da sicher drüberlaufen.“

„Und dann?“, fragte Julian. „Wie haben die Täter die Kiste nach unten und den Schrein nach oben geschafft?“

Anstatt zu antworten, machte Leon einen Klimmzug und schwang sich auf das Dach des Doms.

„Komm da sofort wieder runter, das ist doch viel zu gefährlich!“, warnte Julian.

„Ach was“, erwiderte Leon cool.

Doch sein Freund hatte Recht, stellte er fest, als er dort oben stand und ihn eine Windböe erfasste.

„Eieiei“, murmelte der Junge und ging vorsichtshalber in die Hocke, um dem Wind weniger Angriffsfläche zu bieten. Mit wehenden Haaren schaute er sich erneut um und sah etwas am Rand des Daches liegen.

Leon überwand seine Furcht, lief geduckt los und erreichte den Rand des Daches.

Dort war ein Seil festgebunden!

Schon eilte Leon wieder zu Kim und Julian.

„Vermutlich haben die Täter den Schrein und dann sich selbst vom Dach abgeseilt“, berichtete er atemlos.

Ein energisches Maunzen lenkte die Aufmerksamkeit der Freunde auf die Katze. Kija hockte neben der Winde und schaute in ihre Richtung. Noch ein Miauen, diesmal fordernd und ungeduldig.

Leon grinste seine Freunde an und wetzte los. „Bestimmt will sie uns etwas zeigen!“, rief er dabei. „Das wäre ja nicht das erste Mal!“

Die Freunde wollten die Winde gerade unter die Lupe nehmen, als das Tier erneut maunzte.

Leon kniete sich neben die Katze und schaute in ihre smaragdgrünen Augen.

Ihm war, als würde Kija ihm kurz zublinzeln. Dann kratzte sie mit ihrer rechten Tatze über einen der breiten, hölzernen Füße der Winde.

Leon sah genauer hin. Ragte da nicht etwas hervor? Etwas aus Metall, klein und leicht gebogen?

Der Junge fischte das Ding hervor.

„Seht mal“, bat er Kim und Julian. „Kija hat eine Spange entdeckt.“

Gemeinsam untersuchten sie den Fund. Es handelte sich um eine Gewandspange, mit der zum Beispiel ein Umhang am Wams befestigt werden konnte und die mit einem dünnen, rechteckigen Stück Metall verziert war.

„Eine blaue Schlange, die einen Menschen verschlingt“, sagte Leon. „Seltsam. Was hat das wohl zu bedeuten?“

Kim runzelte die Stirn. „Ich glaube nicht, dass dieses Schmuckstück einem Arbeiter gehört. Die tragen doch keine schicken Gewandspangen. Aber vielleicht hat einer der Täter sie verloren. Ich sage euch, Jungs, das Ding könnte eine heiße Spur sein."

Julian beugte sich zu der Katze hinab und streichelte sie. „Gut gemacht!", lobte er. Dann sagte er zu den anderen: „Eine Spur? Das glaube ich auch. Aber wie kommen wir weiter, wie können wir herausfinden, wem die Spange gehört?"

Für einen Moment herrschte konzentrierte Stille.

Leon drehte und wendete Kijas Fund in seinen Händen. Plötzlich hatte er eine Idee.

„Lasst uns zu Severin laufen. Der ist doch so gebildet. Vielleicht kann er uns einen Tipp geben."

Julian verzog das Gesicht. „Na, ich weiß nicht. Severin kennt sich mit Kräutern gut aus, aber mit so etwas ..."

„Hast du eine bessere Idee?", fragte Leon.

„Nein", gab Julian zu.

„Ich auch nicht", sagte Kim. „Und daher finde ich auch, dass wir es bei Severin probieren sollten."

Eine halbe Stunde später waren die Gefährten erneut in der Kirche St. Johann Baptist.

Severin befand sich wieder in seinem Kräutergarten.

„Oh, ihr seid es wieder", begrüßte er die Kinder. Er wirkte niedergeschlagen. „Habt ihr schon gehört, dass der Schrein mit den Gebeinen gestohlen wurde?"

„Ja, wir waren sogar im Dom, als die Tat bemerkt wurde“, erwiderte Leon.

„Ich nicht, mir war es einfach zu voll. Aber so etwas spricht sich ja schnell herum“, sagte der Mönch und fuhr sich mit der Hand über die *Tonsur*. Dann richtete er den Blick zum Himmel. „Was für eine schreckliche Prüfung durch unseren allmächtigen Herrn. Manchmal sind seine Wege unergründlich. Doch es steht uns nicht zu, darüber zu urteilen.“

„Wir haben das hier gefunden“, sagte Leon und holte die Spange hervor. „Und zwar am Tatort. Habt Ihr so eine Schlange schon einmal gesehen?“

Die Augen des Mönches weiteten sich. „Am Tatort, großer Gott!“

Dann nahm er die Spange unter die Lupe.

„Ja“, sagte er schließlich. „Diese Schlange kenne ich.“

Leons Puls beschleunigte sich. „Wirklich? Was hat dieses Symbol zu bedeuten?“

„Es handelt sich um ein Wappen“, erklärte der kluge Mann. „Diese Schlange frisst den Menschen übrigens nicht, wie man glauben könnte, sondern bringt ihn zur Welt. Das ist das Familienwappen der *Visconti*, einer der einflussreichsten Adelsfamilien von *Mailand*.“

Leon schaute etwas ratlos zu seinen Freunden. Das Wappen einer Familie aus Mailand – was konnte das für ihren Fall bedeuten?

Severin fuhr fort und Leon lauschte ihm gespannt:

„Kaiser Barbarossa hat Mailand vor wenigen Wochen erobert. In der dortigen Kirche *Sant'Eustorgio* ruhten rund siebenhundert Jahre lang die Gebeine der Heiligen Drei Könige. Doch niemand nahm mehr so richtig Notiz von ihnen, erfuhr ich von einem Pilger. Die Gebeine waren so gut wie vergessen. Glücklicherweise erkannte unser kluger Kaiser den einmaligen Wert der Reliquien für uns Gläubige und befahl, die Gebeine nach Köln zu bringen, um sie dort angemessen und würdevoll zu zeigen. Und nun wurden sie aus dem Dom gestohlen, wie furchtbar!"

„Man wird sie sicher wiederfinden", versuchte Leon den Mönch zu trösten. Dann bedankte er sich bei Severin und beeilte sich, mit den anderen den Kräutergarten zu verlassen.

„Ist ja irre! Barbarossa hat die Reliquien gestohlen und nach Köln verschleppt!", platzte es aus ihm heraus, als er mit Kim, Julian und der Katze allein war.

„Ja, die Gebeine gehören den Kölnern also gar nicht, sondern den Mailändern", meinte Kim, „Stecken etwa Mailänder hinter dem Raub im Dom?"

„Das ist möglich", erwiderte Leon und schnippte mit den Fingern. „Und noch etwas: Die Täter müssen sich auf der Baustelle gut ausgekannt haben, sonst wüssten sie nichts von der Winde, denn die ist ja von außen nicht zu sehen. Vielleicht gehören die Täter zu den vielen Bauarbeitern am Dom."

„Klasse kombiniert, Leon“, lobte Julian. „Allerdings kann das nicht für den Mann gelten, der versucht hat, den Erzbischof mit dem Messer anzugreifen. Wir wissen ja, wie der Attentäter aussieht – er ist keiner der Handwerker oder Tagelöhner.“

„Stimmt, aber es gibt ja vermutlich noch mindestens einen weiteren Täter“, antwortete Leon. „Den Schrein kann schließlich niemand allein gestohlen haben. Wir sollten uns morgen mal auf der Baustelle umschauen und umhören. Vielleicht taucht ja einer der Arbeiter gar nicht auf – das könnte unser Mann sein. Denn wenn er sein Ziel erreicht und den Schrein gestohlen hat, wird er sicher nicht mehr auf der Dombaustelle aufkreuzen, sondern versuchen, mit seinem Komplizen und der Beute irgendwie aus Köln herauszukommen.“

Ein neuer Verdacht

Am darauffolgenden Tag, einem Montag, schufteten die Freunde wie geplant auf der Baustelle. Auch Michel hatte dort wieder Arbeit gefunden.

Der cholerische Adam trieb sein Personal fluchend zu neuen Höchstleistungen an.

Bei der elenden Plackerei musterten Kim, Leon und Julian die anderen: Fehlte ein ihnen bekanntes Gesicht?

Unter anderem entdeckten sie Franz und seinen stummen Bruder Lorenz sowie ein paar andere, mit denen sie schon mal ein Wort gewechselt hatten.

Hm, dachte Kim, als sie einmal kurz den Rücken durchstreckte, während Leon und Julian einen Balken in den Dom trugen. Sind wir auf der falschen Fährte? Andererseits können wir ja unmöglich alle Leute auf der Baustelle kennen. Dafür sind es einfach zu viele.

„Was ist mit dir?“, wurde Kim in diesem Moment von Adam angeblafft. „Machst du schon schlapp, verdammt noch mal? Das kommt davon, wenn man Mädchen einstellt. Ist doch immer dasselbe. Kein Mumm in den Knochen. Wenn du so weitermachst, kürze ich dir den Lohn um die Hälfte."

Kim hätte dem Blödmann gerne die Meinung gegeigt, doch sie riss sich ausnahmsweise mal zusammen. Schließlich wollten sie und ihre Freunde heute Nachforschungen anstellen – und das möglichst unauffällig.

Da hatte Kim eine Idee. Konnte sie über den Vorarbeiter herausfinden, ob irgendjemand nicht zur Arbeit erschienen war?

„Immerhin bin ich wieder pünktlich da gewesen. Und das kann man ja nicht von jedem behaupten", redete sie einfach drauflos. „Manch einer ist ja gar nicht erst gekommen."

„Wie bitte?", brüllte Adam. „Was redest du da für einen Unsinn? Das ist doch wieder mal typisch für ein blödes Weib wie dich! Alle sind da, niemand fehlt. Das wäre ja noch schöner! Es ist schließlich eine große Ehre, an diesem Gotteshaus zu arbeiten."

Kim schloss die Augen. *Blödes Weib* hatte der Heini sie genannt. Oh, was hätte sie dafür gegeben, diesem Holzkopf heftig vors Schienbein treten zu dürfen!

Doch es gelang ihr, sich zu beherrschen. Immerhin hatte sie die gewünschte Information! Also schleppte sie rasch weiter Material für die Reparaturen des Dachs in den Dom. Dort informierte sie Leon und Julian von ihrem Rechercheerfolg.

Kurz darauf erfuhren die Freunde von einem anderen Tagelöhner, dass die Stadttore immer noch fest geschlossen waren.

„Überall wird streng kontrolliert“, berichtete der Mann. „Aber es fehlt nach wie vor jede Spur von den Reliquien, habe ich gehört.“

Als sie einen Moment unter sich waren, meinte Kim zu Leon und Julian: „Gut möglich, dass die Täter mit ihrer Beute regelrecht in Köln gefangen sind und nur auf den richtigen Moment warten, um mit den Reliquien zu fliehen. Doch irgendwann werden die Jäger vermutlich anfangen, jedes Haus zu durchkämmen. Die Gebeine haben schließlich einen unschätzbaren Wert für die Stadt!“

„Hoffentlich ist es den Dieben nicht doch irgendwie geglückt, aus Köln herauszukommen“, meinte Julian. „Nicht auszudenken, wenn die Suchtrupps hier jeden Stein umdrehen und sich die Räuber irgendwo ins Fäustchen lachen!“

Der Arbeitstag verging, ohne dass die Freunde mehr über den Reliquiendiebstahl in Erfahrung bringen konnten. Sie kamen bei dem Fall einfach nicht voran.

Enttäuscht und müde schlurften die drei Gefährten gemeinsam mit Michel zu ihrer Bruchbude zurück.

Unterwegs verabschiedete sich Michel. Er sagte, er hätte noch etwas zu erledigen. Was das war, verriet er jedoch nicht.

Am frühen Abend hockten die Gefährten mit Ketlin in dem alten Haus. Die junge Frau berichtete von ihren Versuchen, den Leuten aus der Hand zu lesen. Bei einem reichen Händler war ihr das sogar geglückt.

„Ich habe ihm erzählt, dass er eine rosige Zukunft habe. Das hat ihn gefreut und er war sehr großzügig. Aber dann …“ Ketlin schnaufte und hob die Schultern.

„Was dann?“, fragte Kim, die Kija gerade ausgiebig streichelte.

„Na ja, als ich fertig war und er mir meinen Lohn gegeben hat, wurde er von zwei Bütteln verhaftet“, sagte Ketlin leise. „Bei seinem letzten Geschäft hat er wohl jemanden betrogen. Jetzt steht der arme Mann am Kacks.“

Kim konnte nur mühsam ein Grinsen unterdrücken. „So viel zum Thema rosige Zukunft“, sagte sie.

Da kam Michel herein.

„Guten Abend allerseits!“, grüßte er strahlend in die Runde.

Kim wunderte sich. Es war das erste Mal, dass sie Michel derart gut gelaunt sah.

„Wollt ihr mit mir etwas essen gehen?“, fragte er.

Ketlin sah ihn mit großen Augen an. „Was ist denn mit dir los? Essen gehen? In ein Brauhaus etwa?“

„Ja, warum nicht?“

„Weil du nie Geld hast“, sagte Ketlin hart.

Er lächelte. „Heute schon. Kommt ihr?“

Misstrauisch blickte Ketlin ihn an. Doch dann folgte sie ihm mit den Freunden.

Kurz darauf saßen sie tatsächlich in einem Brauhaus und ließen sich mit Braten und Fisch bewirten. Michel und Ketlin tranken Bier, die Freunde Wasser. Kija bekam etwas von Michels Aal ab.

Kim stopfte sich die Backen mit Braten voll. Es war das erste richtige Mahl, seitdem sie in Köln waren, und es schmeckte einfach köstlich. Doch das Mädchen blieb misstrauisch. Woher hatte Michel plötzlich so viel Geld? Und woher kam seine gute Laune? Sie traute sich jedoch nicht nachzufragen.

Ketlin hatte diese Scheu nicht. „Seit wann kann sich ein Habenichts wie du das leisten?“, fragte sie schmatzend und grinsend.

„Seit der Habenichts auch mal Glück gehabt hat“, antwortete Michel ebenso grinsend.

„Wobei?“

Michel wischte sich die fettigen Finger an der Hose ab. „Beim Spiel.“

Kim schaute von ihrem Festessen hoch. „Du hast um Geld gespielt?“

„Ja – und dabei gewonnen, und das reichlich!“, freute sich Michel.

War das möglich?, überlegte Kim. Zwischen dem Augenblick, als sich Michel nach der Arbeit von ihnen getrennt hatte, und dem, als er in der Bruchbude aufgetaucht war, war nicht allzu viel Zeit vergangen. Höchstens ein oder zwei Stunden, schätzte Kim. Reichte diese Zeit, um so viel Geld beim Glücksspiel zu gewinnen?

Kim konnte das nicht einschätzen. Doch da kam ihr ein anderer, ein böser Gedanke. Vielleicht war Michels Geschichte ja auch erstunken und erlogen, womöglich hatte er das Geld ganz woanders her. Sie brannte darauf, mit Leon und Julian über ihren Verdacht zu sprechen.

Als sie abends allein waren, meinte Kim: „Kann es sein, dass Michel zu den Dieben gehört?"

„Wie bitte?", fragte Leon entgeistert.

„Na ja, ich finde es komisch, dass Michel plötzlich so viel Geld hat und so gut gelaunt ist."

„Er hat es beim Spielen gewonnen, das hast du doch gehört", erwiderte Julian.

„Klar. Aber konnte er wirklich so viel Gewinn in so kurzer Zeit machen?"

„Was willst du damit sagen?"

Kim tigerte in dem kleinen Raum auf und ab. „Michel ist nicht gerade ein frommer Christ und Kirchgänger. Der Schrein hat für ihn in religiöser Hinsicht keinen Wert. Er ist verbittert und findet, dass es das Schicksal nie gut mit ihm gemeint hat. Und er kennt sich auf der Baustelle am Dom bestens aus."

Julian schaute sie mit gerunzelter Stirn an. „Ja und?"

„Könnte es sein, dass er mitgeholfen hat, den Schrein zu stehlen, und dafür das Geld bekam?", fuhr das Mädchen fort.

Für einen Moment herrschte Stille. Leon blies die Backen auf, Julian knetete nervös seine Hände. Kims Verdacht war einfach ungeheuerlich.

„Was ist mit den Anschlägen auf den Erzbischof und den Kaiser?", fragte Leon die Freundin. „Glaubst du etwa, dass Michel auch damit etwas zu tun hat?"

Kim blickte durchs Fenster. „Ich weiß es nicht", gab sie zu. „Aber ich bin dafür, dass wir ihn im Auge behalten."

Die Liste

Am nächsten Morgen brachen Julian, Kim und Leon wieder zur Dombaustelle auf.

„Kommst du nicht mit?“, fragte Julian Michel.

Der Tagelöhner machte sich noch nicht einmal die Mühe, sich von seinem einfachen Lager zu erheben. „Ich? Aber nicht doch! Das habe ich nicht nötig. Jedenfalls die nächsten Tage nicht.“ Er klopfte auf einen verschlissenen Lederbeutel. „Darin ist noch genug! Soll dieser Sklaventreiber von Adam seinen Dom doch ohne mich reparieren.“

„Tja, vielleicht sollte ich es auch mal mit Glücksspiel probieren“, seufzte Julian, als sie auf die Baustelle zusteuerten.

„Lass das bloß bleiben!“, lachte Leon.

Am Dom ging alles seinen gewohnten Gang. Adam brüllte jeden an und die Handwerker und Tagelöhner, darunter auch wieder Franz und der stumme Lorenz, ertrugen die Wutausbrüche ihres Vorarbeiters mit Gelassenheit.

Gegen Mittag wurde die letzte Bleiplatte eingesetzt, im Laufe des Nachmittags die Winde abgebaut. Dann tauchte Erzbischof von Dassel auf und inspizierte den Dom gründlich. Baumeister Kerk und Adam begleiteten ihn, erklärten das eine oder andere und verbeugten sich dabei immer wieder.

„Wie unterwürfig die sind“, kommentierte Kim, die die Szene mit den Jungen zusammen beobachtete.

Auch die anderen Arbeiter waren geblieben, schließlich stand allen noch einmal Lohn zu.

Dann war es so weit. Adam trommelte die Helfer zusammen.

„Wir sind fertig, stellt euch in einer Reihe auf, wenn ihr Lohn wollt“, knurrte er, während er ein Stück Pergament aufrollte und es auf dem Stehpult glättete. „Auch wenn ich eure Gier nicht verstehe, verdammt! Ihr solltet eure Häupter in Demut vor dem Herrn neigen und froh sein, dass ihr ein Gotteshaus reparieren durftet. Anständige, gottesfürchtige Menschen würden auf ihren Lohn verzichten. Aber da erwarte ich wohl zu viel!“

„Sehr richtig“, knirschte Franz, der neben den Freunden stand. „Ihr verzichtet doch garantiert auch nicht auf Euren Lohn, Adam!“

Die Augen des Vorarbeiters wurden schmal, sein Gesicht überzog eine ungesunde Röte. „Was hast du gesagt?“

„Äh, nichts“, sagte Franz schnell.

„Das will ich dir auch geraten haben!“, zischte der Vorarbeiter, blickte kurz auf seine Liste und las den ersten Namen vor.

Ein spindeldürrer Zimmermann trat vor und bekam sein Geld, nachdem Adam einen Haken hinter seinen Namen gemacht hatte.

„Was, so wenig?“, rief der Arbeiter.

„Halt den Mund!“, blaffte Adam ihn an. „Wir haben heute kürzer gearbeitet als sonst, also bekommst du auch nicht den vollen Lohn für den Tag. Das ist doch wohl klar!“

Mit hängenden Schultern schlich der Arbeiter weg.

„Dieser Adam ist wirklich furchtbar“, sagte Julian leise zu seinen Freunden und erntete Kopfnicken.

Dann war einer der Windenknechte an der Reihe, ein bulliger Mann mit dicken Oberschenkeln.

Auch er beschwerte sich über den mickrigen Lohn: „Wir haben fast so lange gearbeitet wie sonst und die Winde abgebaut.“

Adam stieß ihn rüde zurück. „Papperlapapp, mach Platz für den Nächsten!“

Der Windenknecht blieb stehen. „Ich habe eine Frau und fünf Kinder. Ich brauche den vollen Lohn.“

„Alles was du brauchst, ist eine Tracht Prügel, du unverschämter Kerl!“, erwiderte der Vorarbeiter und griff nach einer Holzlatte.

Jetzt wich der Windenknecht doch zurück.

„Adam ist ein Teufel in Menschengestalt. Er ist ungerecht und durch und durch böse", sagte Franz leise.

Julian sah, dass der Tagelöhner die Fäuste geballt hatte. Auch Lorenz wirkte angriffslustig.

Gibt es hier gleich einen Aufstand?, überlegte Julian.

Jetzt verpasste Adam dem Windenknecht einen Tritt in den Hintern, sodass der Mann fast gestürzt wäre.

Da reichte es Franz. „Schluss damit! Dazu habt Ihr kein Recht, Adam!", rief er so laut, dass alle es hören mussten. Einige nickten zustimmend, andere applaudierten.

„Was mischst du dich da ein, Wurm?", rief Adam drohend. „Halt den Mund oder ich streiche dich von der Liste!"

„Das werdet Ihr nicht, denn mir steht mein Lohn zu!", widersprach Franz selbstsicher.

Julian bewunderte seinen Mut. Er fürchtete, dass der Vorarbeiter keine Sekunde zögern würde, Franz tatsächlich zu streichen.

„Ha, das werden wir ja sehen, du gottverdammter Aufrührer!", schrie Adam prompt und überflog die Liste. Offenbar war er auf der Suche nach Franz' Namen.

„Da habe ich dich ja schon. Franz heißt du doch, oder?"

„Untersteht Euch!“, brüllte der Tagelöhner. „Ich will meinen Lohn!“

„Ich auch – und zwar den vollen für den ganzen Tag!“, rief ein anderer.

Die Arbeiter rückten auf Adam zu. Auch die Freunde schlossen sich der spontanen Revolte am Hildebold-Dom an.

„Gleich ist er es, der Prügel bekommt“, orakelte Leon.

Der Vorarbeiter verschanzte sich regelrecht hinter seinem Pult. „Bleibt zurück, sonst hole ich die Büttel und keiner von euch erhält sein Geld!“, kläffte er.

Unbeirrt kamen die Helfer auf ihren Vorabeiter zu, allen voran Franz.

„Schon gut, schon gut, du bleibst auf der Liste. Du bekommst, sagen wir mal …“, rief Adam. Angst schwang in seiner Stimme mit.

Franz hatte das Pult erreicht und riss dem Vorarbeiter das Pergament weg. „Ich will doch mal sehen, ob Ihr uns nicht alle betrügen wollt!“, grollte er.

Mit zwei Handwerkern prüfte er die Liste.

„Seht, es ist alles völlig richtig“, plapperte Adam und deutete auf eine bestimmte Stelle. „Hier stehen eure Namen, hier die Arbeitszeit und hier der Lohn.“

„Ihr habt mir eine Stunde zu wenig aufgeschrieben“, behauptete Franz. „Und meinem Bruder auch.“

Der Vorarbeiter wiegte den Kopf. „Eine Stunde

hin oder her, was bedeutet das schon? Ich bezahle sie, kein Problem. Aber nur, wenn ihr alle zurück in die Reihe geht."

Das Trio gehorchte, die Menge beruhigte sich und Adam atmete hörbar auf. Dann machte er weiter.

„Ha, das hat Franz super gemacht!", freute sich Leon. Auch Kim war ganz aus dem Häuschen.

Nur Julian konnte sich nicht richtig freuen. Ihm war etwas aufgefallen: Franz hatte die Liste angesehen und überprüft …

„Leute, hört mal her", flüsterte Julian seinen Freunden zu.

„Was gibt's?", fragte Kim, während die Gefährten in der Schlange langsam vorrückten.

„Franz ist ein Lügner", wisperte Julian.

„Wie kommst du denn darauf?", wollte Kim wissen.

„An unserem ersten Arbeitstag hat er verhindert, dass wir die schweren Balken tragen mussten, erinnert ihr euch?"

„Klar."

„Und dabei wurde Franz von Adam angeschnauzt. Adam nannte Franz einen Dummkopf, der nicht lesen und schreiben könne. Das hat Franz bestätigt", fuhr Julian fort.

Leon schlug sich mit der flachen Hand vor den Kopf. „Jetzt weiß ich, was du meinst. Gerade hat Franz die Liste gelesen."

Julian nickte heftig und warf einen schnellen Blick zu Franz, der jedoch in ein Gespräch mit einem anderen Tagelöhner vertieft war und die Freunde nicht beachtete.

„Genau das. Franz kann lesen, er ist also keineswegs ein ungebildeter Hilfsarbeiter, sondern vermutlich ein kluger Kopf“, zischte Julian. „In diesen Zeiten können doch nur die allerwenigsten lesen und schreiben. Die Frage ist nur, warum Franz sich verstellt! Was wird hier gespielt? Mich würde interessieren, wer er wirklich ist und was er vorhat. Wir sollten ihn und seinen Bruder nachher beschatten!“

„Ich bin dabei“, sagte Leon sofort.

„Ich auch“, kam es von Kim.

Schließlich löste sich die Arbeiterschar auf.

Die verdächtigen Brüder marschierten los und tauchten im Gassengewirr der Stadt unter.

Dabei kamen sie auch an der Bruchbude vorbei, in der die Gefährten Unterschlupf gefunden hatten.

Kija sprang den Freunden entgegen und rieb ihr Köpfchen an ihren Beinen.

„Jetzt sind wir ja wieder komplett!“, freute sich Kim.

„Ja, aber wir sollten uns beeilen, sonst verlieren wir noch die Spur von Franz und Lorenz“, drängte Julian.

Sie nahmen die Verfolgung wieder auf.

Die Verdächtigen steuerten ein Brauhaus an und verschwanden darin. Wegen der Sommerhitze, die auch heute wieder über Köln lastete, waren alle Fenster der Wirtsstube sperrangelweit geöffnet.

„Kommt“, meinte Julian zu den anderen, stellte sich neben eines der Fenster und spähte hinein.

Die Schenke war gut gefüllt. Außer Bier wurden deftige Speisen serviert.

Franz und Lorenz saßen nur etwa zwei Meter von den Freunden entfernt an einem Tisch und drehten ihnen den Rücken zu.

Franz bestellte zwei Bier, die kurz darauf gebracht wurden. Der Wirt knallte die Krüge auf den Holztisch.

Franz stieß mit seinem Bruder an und meinte auf Italienisch: *„Salute!“*

„Salute“, erwiderte Lorenz.

Julian bekam weiche Knie. „Habt ihr das gehört?“, fragte er seine Freunde.

„Klar, das wird ja immer besser“, erwiderte Kim. „Und ich dachte, Lorenz sei stumm.“

„Der tut nur so“, meinte Julian atemlos. „Die Frage ist nur: Warum? Und wieso reden die italienisch? Eins ist klar: Die beiden sind nicht die, die sie vorgeben zu sein. Aber wer sind sie dann? Etwa die Räuber der Reliquien? Komplizen von Michel?“

Leon zupfte an seinem linken Ohrläppchen. „Möglich. Schließlich haben sich auch die beiden Brüder auf der Baustelle gut ausgekannt. Was machen wir jetzt?“

„Wir beschatten sie weiter“, schlug Julian vor. „Ich will wissen, wohin Franz und Lorenz nachher gehen. Vielleicht führen sie uns geradewegs an den Ort, wo sie den Schrein mit den Gebeinen versteckt haben.“

Eine Stunde und vier Krüge Bier später war es so weit: Die Brüder verließen das Gasthaus.

Die Gefährten blieben an den beiden dran und beobachteten, wie sie zum Alten Markt liefen. Dort bogen Franz und Lorenz nach links in die *Kleine Budengasse* ab, wo auch die Taschenmacher ihre Werkstätten hatten.

Schließlich erreichten die Verdächtigen eine Werkstatt, über der ein Holzschild hing, auf das ein Hobel gemalt war. Offenbar arbeitete hier ein Tischler. Neben der Werkstatt lag ein Stall.

Unter dem Schild blieben die Brüder stehen und drehten sich um.

Im letzten Moment konnten die Gefährten hinter einem Brunnen in Deckung gehen. Vorsichtig wagten sie einen Blick aus ihrem Versteck und sahen, wie Franz die Lage peilte – so, als wollte er sichergehen, dass niemand ihn und seinen Bruder beobachtete. Dann zog er Lorenz in das Haus.

„Ob die bei dem Tischler eine neue Arbeit suchen?“, überlegte Leon.

„Hm, sie benehmen sich merkwürdig. Der Sache müssen wir auf den Grund gehen“, erwiderte Julian.

„Vielleicht, indem wir so tun, als ob wir selbst Arbeit haben wollen.“

Er lief voran und schaute durch ein winziges Fenster in die Werkstatt. Kein Mensch war dort zu sehen.

Auf Holzböcken standen drei Särge. Andere lehnten an den Wänden oder waren dort aufeinandergestapelt. Der Boden war mit Spänen übersät.

„Ein Sargtischler“, meinte Julian zu seinen Freunden, sobald sie neben ihm standen.

„Jetzt müsste hier nur noch ein Schrein mit den Gebeinen stehen. Dann wären wir am Ziel!“, zischte Kim, die Kija auf dem Arm hatte.

„Schön wär’s“, seufzte Leon.

In diesem Moment maunzte die Katze warnend.

Julian erkannte sofort den Grund für Kijas Nervosität: Franz und Lorenz betraten gerade den großen Raum durch eine Tür, die anscheinend zum Stall führte. In ihrer Mitte schritt ein bärtiger Mann mittleren Alters, dessen Nase wie eine Knolle aussah. Er trug eine Lederschürze, woraus Julian schloss, dass es sich um den Tischler handelte.

Blitzartig tauchten die Gefährten unter dem Fenster ab.

Sie ließen ein paar Minuten verstreichen, bevor sie einen erneuten Blick in die Werkstatt warfen.

Es war niemand zu sehen.

Julian ging zur Tür und klopfte laut an.

Keine Minute später wurde geöffnet. „Was wollt ihr?“, raunzte der Mann mit der Schürze die Freunde an.

„Seid Ihr der Herr Sargtischler?“, fragte Julian unterwürfig.

„Wer denn sonst?“, knurrte der Mann. „Mein Name ist Jörg Kröpelin, ich stelle die besten Särge in ganz Köln her!“

„Ja, das haben wir schon gehört“, log Julian. „Wir sind arme Waisenkinder und hoffen, bei Euch Arbeit zu finden. Wir sind vielleicht nicht so kräftig wie die beiden Männer, die vor uns Eure Werkstatt betraten, aber dafür …“

„Was redest du da?“, schnauzte Kröpelin Julian an. „Niemand hat meine Werkstatt gerade betreten. Und noch etwas: Ich brauche keine Gehilfen. Zwar stirbt Gott sei Dank immer irgendjemand, aber wer kann sich schon einen hübschen Sarg leisten? Die Leute lassen ihre Toten lieber in billige Tücher wickeln und dann verscharren! Das hat keinen Stil. Elende Knauser! Dieses miese Geschäft reicht gerade, um mich und meine Familie zu ernähren. Also: Haut ab!“

Er knallte den Freunden die Tür vor der Nase zu.

„Ist der aber doof“, maulte Kim.

„Ja, außerdem ist dieser Kröpelin ein Lügner“, sagte Julian. „Wieso behauptet er, allein zu sein?“ Er wagte einen erneuten Blick durchs Fenster und sah, wie der Tischler nach oben stapfte.

„Bestimmt ist dort seine Wohnung“, sagte der Junge leise zu den anderen. „Und garantiert sind da oben auch Franz und Lorenz!“

„Meint ihr, dass hier auch die Reliquien versteckt sind?“, hauchte Kim.

„Um das zu überprüfen, müssen wir irgendwie in das Haus und die Werkstatt gelangen“, sagte Julian leise. „Nur wie?“

Da sprang Kija aus Kims Armen und lief an der Hauswand entlang zum angrenzenden Stall. Dort blieb sie stehen und warf den Gefährten einen ungeduldigen Blick zu.

Im Sarg

Leon gab den anderen ein Zeichen, ihm zu folgen. Dann lief er zu Kija. Er drückte gegen das Tor – und zu seiner Überraschung ließ es sich einen Spalt öffnen. Dieser Spalt war groß genug, dass sich die Freunde hindurchzwängen konnten. Sie befanden sich nun in einem staubigen Hof, in dem ein zweiachsiges Fuhrwerk stand, das vermutlich zum Transport der Särge diente. Im Hintergrund standen zwei Pferde in ihren Boxen. Das eine beobachtete die Freunde und schnaubte, das andere fraß seelenruhig weiter.

Leon musterte die Umgebung. Links von ihnen war eine Tür, die offenbar ins Haus führte. Sein Puls schlug schneller. Konnten sie es wagen? Aber wenn der Tischler sie entdeckte? Würde Kröpelin sie für Einbrecher halten (womit er ja gar nicht so falschlag) und sich auf sie stürzen oder gar die Büttel alarmieren?

Ein kurzer Blick zu Kim und Julian.

Beide nickten.

Okay, dachte Leon, dann mal los!

Der Junge zog am Griff und die Tür schwang auf.

Dahinter lag ein Gang. Kija witschte zwischen Leons Beinen hindurch und verschwand im Haus.

Auf Zehenspitzen drangen die Freunde ebenfalls tiefer in das Gebäude ein und kamen dabei an einer Treppe vorbei, die nach oben führte. Aus dem oberen Stockwerk war Stimmengemurmel zu hören.

Zweifellos waren in der oberen Etage mehrere Personen – aber waren auch wirklich Franz und Lorenz darunter? Oder hatten die beiden das Haus durch irgendeinen Hinterausgang wieder verlassen?

Die Gefährten gingen weiter und gelangten in die Werkstatt mit den drei aufgebockten Särgen.

Mit einem mulmigen Gefühl näherte sich Leon der ersten Kiste und stellte erleichtert fest, dass der Deckel auf dem Sarg lag – denn für einen Moment hatte er Angst gehabt, in das Gesicht eines Toten zu starren.

Auch die anderen drei Särge waren verschlossen.

Leon atmete auf. Dann fragte er seine Freunde im Flüsterton: „Ob die Gebeine in einem der Särge versteckt sind?"

„Könnte sein", meinte Julian, dessen Stimme leicht zitterte.

Leon gab sich einen Ruck und packte den Deckel des ersten Sarges.

„Du … du willst doch nicht etwa da reingucken?", stammelte Julian.

Was muss, das muss, dachte Leon mit leichtem Grausen und hob den Deckel an.

Ein Miauen, fast ein Kreischen.

Der Junge starrte zur Katze: „Was ist denn los?“

Doch da hörte er, was Kija alarmiert hatte: Von oben waren Schritte zu hören, dann ein Lachen.

Panisch ließ Leon den Deckel los, der zurück auf den Rahmen polterte – ein hässlicher Ton.

Die Schritte wurden lauter.

„Die kommen runter!“, zischte Leon und flitzte zum Eingang der Werkstatt, um mit seinen Freunden zu fliehen. Doch die Tür war verriegelt und kein Schlüssel steckte im Schloss. Das Fenster war zu klein, um eine Fluchtmöglichkeit zu bieten.

Leon wirbelte herum. Sie mussten zurück in den Stall und von dort in die Gasse. Doch wenn die Männer gerade die Treppe hinabstiefelten, war auch dieser Fluchtweg versperrt!

Auf Leons Stirn trat kalter Schweiß. Was jetzt?

Kein Poltern mehr auf der Treppe. Dafür drangen Gesprächsfetzen vom Gang zwischen Werkstatt und Stall herüber. Jetzt hörte Leon die Stimme von Franz genau heraus. Offenbar waren die Männer stehen geblieben und unterhielten sich. Leon glaubte einen Moment, vier verschiedene Stimmen herauszuhören – war neben den Brüdern und dem Sargtischler Kröpelin etwa noch ein weiterer Mann im Haus?

In dieser Sekunde sprang Kija auf einen der Särge – und Leon verstand.

Er überwand seine Angst und zog einen Deckel beiseite. Die Kiste war leer, ein Glück!

„Da rein!“, kommandierte der Junge leise und sah, wie jegliche Farbe aus Julians Gesicht wich.

„Wir haben keine andere Wahl – schnell!“, drängte Leon und schlüpfte in den Sarg. Bevor er den Deckel über sich schloss, sah er noch, wie die Freunde seinem Beispiel folgten. Kija schlüpfte zu Kim in die Holzkiste.

Die Dunkelheit, die Leon nun umschloss, war vollkommen. Er lag auf etwas Hartem, das ihn leicht pikte. Wegen der Dunkelheit konnte der Junge aber nicht erkennen, was es war.

Er bemühte sich, gleichmäßig und leise zu atmen. Die Luft war stickig. Seine Finger fuhren an der Innenseite des Sarges entlang. Mein Gott, war das eng! Leon fühlte sich, als habe man ihn gerade lebendig begraben.

Panik keimte in ihm auf. Am liebsten hätte er den Deckel hochgedrückt, um wieder in die Welt der Lebenden zu steigen.

Doch das kam nicht infrage, weil die Stimmen noch lauter geworden waren. Leon vermutete, dass die Männer gerade die Werkstatt betreten hatten.

Sein Unbehagen wuchs, als ihm etwas über die

rechte Hand krabbelte. Was war das? Ein Wurm, eine Spinne, eine Fliege?

Leon schüttelte die Hand und das unbekannte Wesen verschwand. Aber nur kurz, dann kribbelte es an Leons Hals. Marschierte das Vieh geradewegs in sein Hemd hinein?

Der Junge presste die Lippen fest aufeinander, um nicht laut aufzuschreien.

Jetzt verließ das Tier seine Halsregion und flitzte über sein Gesicht. Das war der Moment, in dem der Junge glaubte, endgültig durchzudrehen.

Doch das Untier war so freundlich, ihn nicht weiter zu behelligen.

Leon beruhigte sich ein wenig. Hoffentlich behielten auch Kim und vor allem Julian die Nerven!

Nun gelang es Leon, sich auf die Stimmen zu konzentrieren. Deutlich hörte er den Sargtischler und Franz heraus.

„Was meinst du, Lorenzo?", fragte Franz gerade.

Lorenz*o*?, überlegte der Junge im Sarg.

Jetzt antwortete der angeblich stumme Mann – und zwar auf Italienisch.

Da verstand Leon, warum Lorenz, der offenbar in Wirklichkeit Lorenzo hieß, sich auf der Baustelle als stumm ausgegeben hatte. Niemand hatte merken sollen, dass er Italiener war und vermutlich kein Wort Deutsch konnte!

Lorenzo sprach seinen Bruder mit Francesco an und dieser antwortete ihm ebenfalls in fließendem Italienisch.

Beide sind Italiener!, durchfuhr es Leon. Aber Francesco kann im Gegensatz zu seinem Bruder perfekt Deutsch. Also hatte Francesco alias Franz immer das Reden für die beiden übernommen.

Nun war eine weitere Stimme zu hören, die sehr heiser klang und die Leon zunächst niemandem zuordnen konnte. Auch dieser Mann sprach Italienisch. Die anderen redeten ihn mit Nicolo an. Er sprach sehr schnell, seine Sätze klangen in Leons Ohren wie Gewehrsalven.

Wer war dieser Nicolo?, überlegte der Junge fieberhaft.

„Jetzt reicht es!", rief der Vierte im Bunde, der Sargtischler, verärgert. „Redet gefälligst anständig. Und mit anständig meine ich Deutsch! Sonst verstehe ich kein Wort!"

„Ja, schon gut", sagte Francesco schnell. „Aber mäßige dich, dein Ton gefällt mir nicht. Vergiss nicht, dass wir dich bezahlen."

Kröpelin grummelte: „Eigentlich ist es viel zu wenig. Drei Särge habe ich für euch gefertigt, drei Stück! Und der eine ist ein ganz besonderer …"

„Natürlich", erwiderte Francesco knapp. „Sonst hätten wir ja auch einen Kotzmenger anstellen können, um unsere Ware zu verstecken. Wo sind die Gebeine?"

Die Gebeine? Leon wurde abwechselnd heiß und kalt.

„In dem Sarg dort, ganz unten drin, unter einem dicken Tuch", erwiderte der Tischler.

„*Bene*", antwortete Francesco.

Irgendetwas pikte Leon wieder in den Rücken. Vorsichtig brachte er sich vorsichtig in eine andere Position.

„In den Särgen werde ich euch und die Reliquien aus Köln schmuggeln können", fuhr Kröpelin leise fort. „Wir hieven die leeren Kisten auf mein Fuhrwerk, ihr klettert in die Särge und ich bringe euch vor die Stadtmauern. Ich werde eine Klapper mitnehmen und sie kräftig bedienen. Damit wird bei uns in Köln vor Pesttoten gewarnt."

Ein raues Lachen war zu hören, dann sagte Francesco: „Sehr gute Idee. Niemand wird es wagen, dein Fuhrwerk anzuhalten und deine Ladung zu kontrollieren. Alle werden Angst haben, sich mit der Pest anzustecken!"

Dann redete er auf Italienisch auf die anderen beiden Täter ein. Leon vermutete, dass Francesco ihnen den Plan übersetzte. Jetzt war noch lauteres Gelächter zu hören.

Doch dem Jungen war keineswegs zum Lachen zumute. Bestimmt würde zumindest Kröpelin auffallen, dass die Särge plötzlich schwerer waren. Und wenn er der Sache auf den Grund ging, waren Leon und seine Freunde fällig. Oder spätestens dann, wenn die drei Italiener selbst in die Kisten steigen wollten!

Leon und den anderen musste etwas einfallen, und zwar schnell!

„Mundus vult decipi, ergo decipiatu“, sagte jetzt Nicolo, der Mann mit der heiseren Stimme, auf Lateinisch.

Leon übersetzte in Gedanken: „Die Welt will betrogen werden. Also soll sie betrogen werden.“

Plötzlich hatte er eine Eingebung. Nicolo sprach Latein und hatte eine heisere Stimme …

Genau wie der Mann im Mönchsgewand, der Erzbischof von Dassel im Hildebold-Dom mit dem Messer angegriffen hatte!

Leon schluckte. Er war sich sicher, dass Nicolo der Attentäter war. Hatte er auch den Pfeil auf Kaiser Barbarossa geschossen?

Wie auch immer, den armen Michel hatten Leon und seine Gefährten wohl zu Unrecht verdächtigt.

Wieder spürte er etwas Hartes, diesmal an seinem linken Bein. Der Schmerz nahm zu. Leon fasste nach unten, um das Ding unter seinem Bein wegzuziehen.

Er erstarrte. Was hatten seine Finger da gerade berührt? Eisiges Entsetzen überfiel ihn.

War das etwa … ein menschlicher Knochen?

Unheimliche Geräusche

Natürlich hatte auch Kim gehört, was die Täter vorhatten. Ihre Gedanken überschlugen sich. Gleich würden die Särge auf das Fuhrwerk verladen werden. Garantiert würden die Kerle sie und ihre Freunde entdecken.

Was nun?

„Gut, dann wollen wir mal!“, rief Kröpelin. „Wir nehmen immer zu zweit einen Sarg und bringen ihn in den Hof.“

Schon wurde der Sarg mit Kim und Kija vorn und hinten angehoben.

Da kratzte Kija, die sich dicht an Kim gekuschelt hatte, mit ihren Krallen über das Holz.

„Was war das?“, war die Stimme von Francesco zu hören.

Gleichzeitig krachte der Sarg zurück auf den Bock, auf dem er gestanden hatte.

„Ich habe nichts gehört“, erwiderte der Tischler. „Was soll das Theater?“

Das ist eine Idee!, durchfuhr es Kim. Sie klopfte gegen den Sargdeckel.

„Da war es wieder!“, keuchte Francesco. „Ein seltsames Geräusch! Da … da ist jemand in diesem verfluchten Sarg!“

„Aber nein, völlig unmöglich“, versuchte Kröpelin ihn zu beschwichtigten. „Die Särge sind leer. Nur die Gebeine sind da drin, sonst nichts.“

Kim hämmerte jetzt regelrecht gegen das Holz. Plötzlich war auch ein Heulen zu vernehmen, dann ein Jammern und furchtbares Klagen.

Trotz der Anspannung konnte sich Kim ein Grinsen nicht verkneifen. Julian und Leon machten mit, sie ächzten in ihren Särgen und begannen nun ebenfalls gegen das Holz bollern. Kija mischte noch mehr mit. Sie fauchte.

„Geister!“, brüllte Francesco voller Panik. „Oder Untote! Gott steh uns bei!“

„Aber nein“, rief der Sargtischler, klang aber bereits deutlich unsicherer. „Ich bitte euch, bleibt ruhig!“

Hektische italienische Wortfetzen mischten sich mit deutschen. Offenbar waren auch Lorenzo und Nicolo in Panik geraten.

Kim steigerte das Programm. Sie kicherte irre, dann heulte sie wie ein Wolf, trat und schlug gegen das Holz.

„Verflucht ist deine Werkstatt, verdammt sind die Särge!“, stieß Francesco hervor. „Ich bleibe hier keine Sekunde mehr! Aber ich will noch das Geld, das ich dir gegeben habe, Kröpelin.“

„Beruhigt euch!“, flehte der Tischler fast. „Und kommt erst mal mit nach oben. Dort habe ich auch das Geld.“

Schritte entfernten sich eilig. Dann war ein Poltern zu vernehmen. Die Männer stürmten wohl gerade die Treppe ins Obergeschoss hinauf, um sich vor den vermeintlichen Geistern namens Kim, Leon, Julian und Kija in Sicherheit zu bringen.

Kim wagte es, den Sargdeckel hochzudrücken und aus der Kiste zu spähen.

Die Täter waren tatsächlich weg.

„Gut gemacht“, flüsterte Kim der Katze zu.

Auch Leon und Julian kamen aus ihren Verstecken.

„Wurde auch Zeit, ich hab schon befürchtet, dass ihr da drinnen weiterpennen wollt!“, lachte das Mädchen.

Leon beugte sich noch einmal über seinen Sarg und zog die Decke beiseite. „Ich habe es doch geahnt, in meinem Sarg liegen menschliche Knochen. Das müssen die Gebeine der Heiligen Drei Könige sein!“, meinte er. „Wir müssen schnell die Büttel alarmieren!“

Schon stürmten die Freunde in den Stall und von dort in die Gasse. Als sie um eine Ecke bogen, rannten sie zwei Bütteln regelrecht in die Arme. Der eine hatte die Statur eines Fasses, der andere war dürr und sehr groß. Rasch informierten die Freunde die beiden.

„Wir trennen uns“, sagte der rundliche Büttel zu seinem Kollegen. „Du holst Verstärkung. Immerhin sind die Täter zu viert. Alarmiere auch den Kaiser und den Erzbischof! Ich bleibe mit den Kleinen in der Nähe der Werkstatt und behalte die Schurken im Auge."

„Wir sind nicht klein", stellte Kim klar.

„Ja, ja, von mir aus könnt ihr auch Riesen sein", erwiderte der Dicke und verdrehte die Augen. „Aber jetzt dürfen wir keine Zeit mehr verlieren."

Der Dürre stürmte los.

Kim, Leon, Julian, Kija und der andere Büttel jagten zur Sargtischlerei zurück.

Unterwegs sprach der Wachmann andere Männer an und sorgte dafür, dass sie Kröpelins Werkstatt umstellten. Immer mehr Neugierige strömten von den umliegenden Gassen und Plätzen herbei.

„Seht mal, da sind auch Ketlin und Michel!", rief Kim erfreut.

„Was ist denn hier los?", wollte die Wahrsagerin wissen.

Kim berichtete ihr und Michel mit knappen Worten. Die beiden kamen aus dem Staunen gar nicht mehr heraus.

Dann lenkte Kim ihr Augenmerk wieder auf die Werkstatt. Hinter den wenigen Fenstern war nichts zu sehen.

Hoffentlich sind die Kerle überhaupt noch im Haus!, dachte das Mädchen.

Da stürmte ein Trupp Büttel heran, angeführt von

dem Dürren. Sie drängten sich durch die Schaulustigen nach vorn.

Der Dicke bollerte gegen die Tür zur Werkstatt.

„Kröpelin, mach auf!“

Keine Reaktion.

„Wenn du nicht gehorchst, schlagen wir dir die Tür ein!“, drohte der Büttel.

Wieder keine Reaktion.

„Nicht nötig, die Stalltür war vorhin offen!“, erinnerte sich Kim.

Schon drangen die Männer über den Hof und den Flur in die Werkstatt ein. Kim, Leon, Julian und Kija folgten.

„Da sind sie!“, brüllte der dicke Büttel und deutete in die Tiefen der Werkstatt.

Mit geballten Fäusten traten die Täter ihnen entgegen. Nicolo hatte sein Messer gezückt.

Kim sah sein Gesicht mit der platten Nase und den schmalen Lippen. Keine Frage, das war der Attentäter, der versucht hatte, den Erzbischof niederzustechen.

Das Mädchen schnappte sich eine Holzlatte und schleuderte sie wie einen Speer an den Bütteln und ihren Helfern vorbei auf Nicolo. Die Latte erwischte den Italiener an der Hand und die Waffe fiel zu Boden.

Jetzt stürzten sich die Büttel auf die Reliquiendiebe. Es folgte eine wüste Prügelei, in die sich auch die Freunde einmischten. Sie bewarfen die Täter mit Leimtöpfen, einem Hobel und einer Säge sowie mit weiteren Holzteilen, die irgendwo herumlagen. Und auch Kija war dabei. Sie verpasste den Kerlen hübsche Hiebe mit ihren Krallen.

Während der Schlacht warf Kröpelin ein Brett auf den dicken Büttel.

Statt sich zu ducken, drückte der Wachmann seinen Bauch raus. Das Geschoss prallte wie an einem großen Gummiball ab und krachte zu Boden.

„He, nicht mit mir! Mein Bauch ist mir heilig. Und er ist meine Waffe!“, brüllte der Büttel, quetschte Kröpelin mit seinem Bauch an die Wand und verpasste ihm ein paar schallende Ohrfeigen.

„Da staunst du, was?“, rief der Büttel lachend. „Und heute gibt es einen Nachschlag – nur für dich. Und hier, und hier, und hier!“

Patsch, patsch, patsch!

Kurz darauf lagen alle vier Täter auf dem Boden und wurden gefesselt.

„Das wäre schon mal geschafft“, meinte Kim zufrieden und ging zu dem Sarg, in dem sich vorhin Leon versteckt hatte. Die Reliquien lagen an ihrem Platz.

„Sie müssen so schnell wie möglich in den Dom zurück“, sagte der dicke Büttel ehrfürchtig, nachdem auch er einen Blick auf die Gebeine geworfen hatte.

Da wurden vor der Werkstatt Stimmen und Jubel laut.

„Hoch lebe der Kaiser! Hoch lebe der Erzbischof!“

Die Freunde und Kija traten in die Gasse.

Kaiser Barbarossa und Erzbischof von Dassel ritten heran, begleitet von einem Trupp schwer bewaffneter Männer. Das Volk kniete nieder oder verneigte sich tief. Nur Michel blieb aufrecht stehen und blickte mürrisch an den hohen Herren vorbei.

Der dicke Büttel wollte gerade seine Stimme erheben, als Kim vortrat.

„Wir haben, mit Verlaub, die Gebeine der Heiligen Drei Könige wiedergefunden. Sie wurden von den vier Männern geraubt, die Eure Majestät in der Werkstatt hinter uns finden“, sagte sie selbstbewusst.

Die Augen des Kaisers wurden schmal. „Wer bist denn du, dass du es wagst, ungefragt deine Stimme zu erheben?“, wollte er wissen.

„Das ist schon in Ordnung“, sagte jetzt der Erzbischof. „Das Mädchen und ihre Freunde haben mir das Leben gerettet, als man mich im Dom niederstechen wollte.“

Über das Gesicht des Kaisers huschte ein Lächeln. Er schien beeindruckt.

„So ist es“, sagte Kim stolz. „Der Mann mit dem Messer gehört zu den Tätern in der Werkstatt. Er heißt Nicolo.“

„Woher wisst ihr das denn nun wieder? Ihr versetzt mich erneut in Staunen“, sagte von Dassel.

Nun berichteten die Gefährten ausführlich, was alles vorgefallen war. Sie begannen mit ihrer Ankunft in Köln und ihrer Arbeit auf der Dombaustelle, bei der sie unter anderem auch Francesco und seinen angeblich stummen Bruder kennengelernt hatten. Dann erzählten sie von dem Anschlag auf den Erzbischof und der nächtlichen Attacke auf sie selbst sowie von ihren Ermittlungen beim Mönch Severin und so weiter.

„Wirklich großartig!“, lobte der Kaiser das Mädchen und ihre Freunde, als sie fertig waren. Dann ordnete er an, die Reliquien zu bergen und sie ihm zu zeigen. Nachdem er und der Erzbischof sich davon überzeugt hatten, dass nichts fehlte, ordnete Barbarossa an, auch die Täter aus der Werkstatt zu holen: „Ich will sie verhören!“

Wenige Augenblicke später stand das Quartett vor dem Kaiser und von Dassel.

„Ich habe nichts damit zu tun, also jedenfalls fast nichts!“, rief Kröpelin sofort. Er schlotterte am ganzen Körper. „Ich habe nur die Särge zur Verfügung gestellt und …“

„Halt den Mund!“, würgte Barbarossa ihn ab und wandte sich an die anderen: „Wer seid ihr? Und wieso habt ihr die Reliquien gestohlen?“

Die Täter starrten auf ihre Füße – und schwiegen.

„Ich rate euch zu reden“, sagte der Kaiser. Seine Stimme war gefährlich leise. „Dann könnt ihr dem Galgen vielleicht noch entgehen.“

Francesco hob den Kopf, schaute zu seinen Komplizen und sagte etwas auf Italienisch zu ihnen.

Die beiden nickten.

„Also gut“, sagte Francesco nun. „Wir stammen aus Mailand und arbeiten im Auftrag von *Galvano Visconti*.“

Barbarossa hob die Brauen. „Galvano Visconti – der Mann, der Mailand gegen mich und meine Truppen verteidigte?“

Das Wappen der Visconti – na klar!, dachte Kim. Die blaue Schlange ...

„Genau der“, zischte Francesco hasserfüllt. „Doch leider hatten er und seine tapferen Mitstreiter, zu denen ich auch meine Freunde und mich zählen darf, keine Chance gegen Eure Übermacht.“

Ein selbstgefälliges Lächeln trat auf Barbarossas Gesicht mit dem langen roten Bart, als er sagte: „Das ist wohl richtig.“

„Ihr habt die Reliquien aus unserer Kirche Sant’Eustorgio geraubt und hierher nach Köln verschleppt!“, giftete Francesco.

„Pah, von Raub kann keine Rede sein“, erwiderte der Kaiser kalt. „Du solltest wissen, dass dem siegreichen Feldherrn die Stadt gehört, die er nach glorreichem Kampf erobert hat."

„Glorreich – wohl kaum!", höhnte Francesco.

„Hüte deine Zunge, sonst hast du bald keine mehr", mischte sich jetzt der Erzbischof ein. „Und jetzt weiter! Ihr habt euch doch als Tagelöhner auf der Dombaustelle verdingt. Aber ich möchte wetten, dass ihr keine einfachen Arbeiter seid."

„Wahr gesprochen, Erzbischof. Wir drei sind Mönche und gehören einem Mailänder Orden an", antwortete Francesco.

Kim schaute zu den Jungen. Daher konnte dieser Nicolo auch Latein!

„Unser Auftrag war es, den Schrein mit den Gebeinen wieder dorthin zu bringen, wo er hingehört: in die Kirche Sant'Eustorgio. Um das zu erreichen, tarnten mein Bruder und ich uns als Arbeiter. Nicolo hingegen hatte noch einen anderen Auftrag."

„Die feigen Attentate, nehme ich mal an", sagte Barbarossa.

Francesco starrte ihn feindselig an. „Er kann von uns dreien am besten mit Waffen umgehen. Die Anschläge auf Euch, Kaiser, und den Erzbischof erfolgten aus Rache für den Raub der Gebeine."

Die Umstehenden rückten nach vorn und Kim fürchtete, dass sie sich auf die Attentäter stürzen

wollten. Mit einiger Mühe hielten die Büttel die Leute zurück.

Kaiser Barbarossa blieb jedoch ganz ruhig – ganz im Gegensatz zu Erzbischof von Dassel. Dessen Gesicht hatte sich vor Entrüstung und Wut verfärbt. Er rang sichtlich nach Worten.

Da trat Kim vor und klagte die Täter an: „Dann wart natürlich ihr es, die uns in dem Haus unserer Freunde überfallen habt, oder?“

„Aber sicher“, erwiderte Francesco. „Ihr hattet Nicolos Gesicht gesehen, als er versuchte, den Erzbischof zu töten. Also wollten wir euch ausschalten. Schließlich hättet ihr Nicolo wiederkennen können.“

Barbarossa schnaufte verächtlich. „Drei Mönche, die stehlen und anderen nach dem Leben trachten – ihr seid eher Diener des Satans als Diener Gottes!“

„Erhebt Euch nicht über uns!“, rief Francesco. „Denn Ihr seid nicht besser als wir!“

„Das reicht jetzt!“, blaffte der Kaiser ihn an. „Schafft mir die vier Kerle aus den Augen. Bringt sie in den Kerker!“

„Aber ich habe doch gar nichts gemacht! Also fast nichts“, jammerte der Sargtischler.

„Halt den Mund!“, befahl Barbarossa ihm zum zweiten Mal. „Weg mit dem Pack!“

Die Büttel trieben das Quartett die Gasse hinunter.

Allmählich beruhigte sich die Menge wieder. Einige

entfernten sich bereits, um an ihre Arbeit zurückzukehren.

Nun bedachte der Kaiser die Gefährten mit einem langen Blick: „Ihr drei scheint …“

„Vier, mit Verlaub, Eure Majestät“, wagte Kim den Herrscher zu unterbrechen und deutete auf die Katze.

Leon und Julian stöhnten leise.

„Äh, ja – von mir aus – vier. Also ihr vier seid ziemlich schlau, habe ich den Eindruck“, fuhr Barbarossa fort. „Zudem sind wir euch zu großem Dank verpflichtet. Denn ohne euch würden wir die Reliquien noch immer suchen. Und wer weiß, ob wir sie je gefunden hätten. Daher sollt ihr reich belohnt werden.“

Der Erzbischof nickte und Kim bemerkte, wie Ketlin ihr begeistert zuzwinkerte.

„Habt ihr denn einen Wunsch, den wir euch erfüllen können?“, fragte nun von Dassel.

Kim brauchte nicht lange zu überlegen. „Wir hätten gerne eine feste Anstellung, um unser tägliches Brot zu verdienen“, sagte sie schnell und erntete überraschte Blicke von den Jungs.

Von Dassel lachte auf. „Wenn es mehr nicht ist: In meiner Küche und in meinem Stall kann ich immer Helfer gebrauchen. Ihr könnt noch heute anfangen. Und für eine Unterkunft ist auch gesorgt. Ich habe ein Haus nur für das *Gesinde*.“

„Oh, wie wunderbar!“, rief Kim und gab sich alle Mühe, sehr überzeugend zu klingen.

Leon und Julian wirkten nun völlig verwirrt.

„Aber da wäre noch etwas“, fuhr Kim fort: „Ohne unsere Freunde Ketlin und Michel hätten wir den Diebstahl nicht aufgeklärt. Sie haben uns ein Dach über dem Kopf angeboten und uns vor den Tätern beschützt. Ich bitte Euch, auch diesen beiden eine Arbeit zu geben.“

Kim sah Ketlin an, dass sie ihr am liebsten um den Hals gefallen wäre.

„Selbstverständlich, so sei es, auch für euch beide habe ich sicher eine Verwendung“, sagte der Erzbischof. „Meldet euch alle noch heute in meinem *Palais* am südlichen Domhof. Und jetzt will und muss ich los.“

Schon eilte von Dassel in Richtung Dom – natürlich mit dem Schrein, der von zwei Helfern getragen wurde. Begleitet wurden der Erzbischof und sein Schatz von Kaiser Barbarossa und einer schwer bewaffneten Eskorte.

„Oh, das war wunderbar von dir“, rief Ketlin überglücklich und nahm Kim nun doch in die Arme. „Eine Arbeit, ein heiles Dach über dem Kopf – davon habe ich immer geträumt. Vielen, vielen Dank!“

Michel nickte langsam. „Sieht so aus, als hätte auch ich mal Glück, und das nicht nur beim Spiel“, murmelte er. „Ist ja schon fast eine Glückssträhne. Das wird mir richtig unheimlich …“

„Ich hole schnell meine Sachen“, meinte Ketlin. „Dann ziehe ich um. Kommt ihr mit?“

„Sofort“, sagte Michel.

Leon und Julian wollen sich ebenfalls in Bewegung setzen, doch Kim hielt sie zurück.

„Wir kommen gleich nach“, rief sie den Kölner Freunden hinterher.

Die Wahrsagerin drehte sich und winkte. „Gut, bis später!“

„Ich meine, dass wir uns den Umzug sparen sollten“, sagte Kim zu den Jungen, als sie unter sich waren. „Denn ich mag nicht für den Erzbischof schuften – und außerdem haben wir den Fall gelöst.“

„Du meinst, wir sollen nach Hause?“, wisperte Julian.

„Genau das.“

„Sie hat Recht“, meinte Leon. „Der Schrein kommt jetzt wieder in den Hildebold-Dom, die Täter müssen in den Kerker und Ketlin und Michel sind vermutlich bestens versorgt. War echt eine gute Idee von dir, Kim.“

„Danke“, strahlte das Mädchen. „Und jetzt sollten auch wir zum Dom, oder?“

„Ja“, stimmte Julian ihr zu. „Doch ich finde es wieder mal echt schade, dass wir uns davonschleichen, anstatt uns richtig von Ketlin und Michel zu verabschieden.“

Kim seufzte. Auch sie hatte die beiden ins Herz geschlossen, vor allem Ketlin. „Richtig. Aber es geht nun einmal nicht anders, wenn wir das Geheimnis von Tempus nicht verraten wollen.“

Kurz darauf hatten die Gefährten die Stelle in der Mauer des Doms erreicht, durch die Tempus sie ins mittelalterliche Köln geschickt hatte – einen der beiden Glockentürme an der westlichen Wand des Hildebold-Doms.

Kim, die Kija auf dem Arm hatte, blickte sich vorsichtig um. Niemand schenkte ihnen Beachtung.

Gut so, dachte das Mädchen. Dann warf Kim einen letzten Blick auf die Schlange, die sich gerade vor dem Portal des Gotteshauses bildete.

Sie lächelte in sich hinein. Die Pilger konnten es offenbar kaum erwarten, die Gebeine zu sehen, die nun aus Kölner Sicht da waren, wo sie hingehörten: im Hildebold-Dom.

Dann machte Kim mit ihren Freunden den einen entscheidenden Schritt in die Mauer – und nichts hielt sie auf: Tempus holte sie heim nach Siebenthann.

Eine neue Pilgerreise

Einige Tage später waren die Freunde wieder im schönen Freibad ihres Heimatstädtchens. Es war früher Abend, und die Sonne schien.

Julian, Leon und Kim lümmelten sich auf einer großen Decke, tranken kalte Cola und gönnten sich eine große Tüte mit Süßigkeiten.

Die Katze rollte unterdessen wieder einen Ball zwischen ihren Pfoten hin und her und ließ ihn dabei keine Sekunde aus den Augen.

Julian fischte ein Stück Lakritz aus der Tüte. „Heute Nachmittag habe ich noch mal den Kölner Dom gegoogelt. Habt ihr gewusst, dass pro Jahr über sechs Millionen Leute den Dom besuchen?“

Kim und Leon schüttelten die Köpfe.

„Damit gilt der Dom als die beliebteste Sehenswürdigkeit in ganz Deutschland“, fuhr Julian fort. „Es gibt kein Bauwerk, das häufiger besucht wird.“

„Tja, einen großen Anteil an diesem Ansturm haben zweifellos die Gebeine der Heiligen Drei Könige“, meinte Kim.

Julian nickte. „Auf jeden Fall, auch wenn die Reliquien ja gar nicht zu sehen sind, sondern nur der wunderschöne Schrein, in dem sie aufbewahrt werden. Auf dem Schrein ist übrigens ein Porträt von Rainald von Dassel zu sehen."

Leon grinste. „Da bin ich weiter als die meisten anderen. Ich habe ja sogar schon mal auf den Gebeinen gelegen. Mann, war das hart!"

Julian und Kim lachten.

„Ich finde wir sollten auch mal eine Pilgerfahrt unternehmen", meinte Julian schließlich.

„Nach Köln?", fragte Leon sofort.

„Nein, da war ich ja gerade erst", antwortete Julian. „Ich dachte eher an einen Ort hier ganz in der Nähe …"

Seine Freunde schauten ihn verständnislos an.

„Lasst uns in die Eisdiele Venezia pilgern. Dort gibt es schließlich auch eine einzigartige Attraktion – das beste Eis der Welt!", rief Julian übermütig.

Leon deutete auf die Tüte mit Süßigkeiten. „Reicht dir das heute nicht?"

Julian lächelte und schüttelte den Kopf. „Ein Besuch im Venezia geht immer."

Leon stand auf und stopfte seine Badesachen in die Tasche. „Da hast du allerdings Recht."

Nun sprangen auch Julian und Kim auf. „Dann mal los!"

Köln und sein größter Schatz

Mit einer Million Einwohnern ist Köln nach Berlin, Hamburg und München die viertgrößte Stadt Deutschlands.

Köln weist eine lange, wechselvolle Geschichte auf. Schon zu Römerzeiten war die Stadt, die verkehrsgünstig am Rhein liegt, ein wichtiger Handelsstandort. Der römische Kaiser Claudius gründete ihn vor rund zweitausend Jahren unter dem Namen Colonia Claudia Ara Agrippinensium. Agrippina war die Frau von Claudius und eine gebürtige Rheinländerin. Aus Colonia entwickelte sich im Laufe der Jahrhunderte der heutige Name Köln (wobei die Kölner ihre Stadt *Kölle* nennen). „Zwischenstationen" bei der Benennung waren Coellen, Cöllen und Cölln.

Auch im Mittelalter spielte Köln eine bedeutende Rolle, sowohl in wirtschaftlicher und politischer als auch in religiöser Hinsicht. Zum Zeitpunkt der Handlung dieses Buches (Hochmittelalter) zählte Köln rund fünfzigtausend Einwohner und war damit die größte und wichtigste Stadt des Reiches. Unter anderem war

Köln das Zentrum der Goldschmiedekunst und des Reliquienhandels.

Im zwölften Jahrhundert verfügte Köln über die längste Stadtmauer Deutschlands. Zwölf Torburgen und zweiundfünfzig Türme hatte die mächtige Befestigungsanlage aufzuweisen. Neben Jerusalem, Rom und Konstantinopel führte Köln die Bezeichnung Sancta im Stadtnamen (Sancta Colonia Dei Gratia Romanae Ecclesiae Fidelis Filia = Heiliges Köln von Gottes Gnaden, der römische Kirche getreue Tochter). Im Volksmund heißt die Metropole am Rhein auch heute noch „et hillije Kölle“ (= das heilige Köln).

Ein Grund dafür war ohne Zweifel die Überführung der Gebeine der Heiligen Drei Könige am 23. Juli 1164 von Mailand nach Köln – über einige Umwege.

Der Reihe nach: Laut einer Überlieferung, für die es allerdings keine Beweise gibt, reiste die heilige Helena, die Mutter von Kaiser Konstantin, im Jahr 326 von Konstantinopel nach Palästina. Dort soll sie die Reliquien „gefunden“ und an sich genommen haben.

Zu Beginn des vierten Jahrhunderts gelangten die Gebeine laut dem Mailänder Bischof Eustorgios dann nach Mailand – wie und warum ist nicht überliefert.

In Mailand wurden die Reliquien jedoch nahezu vergessen, weil damals ausschließlich Märtyrer verehrt wurden (zu denen die Heiligen Drei Könige *nicht* gehörten). Erst später pilgerte man auch zu den Reliquien von sogenannten Bekennern (zu denen die Heiligen Drei Könige gehörten).

Die Gebeine wurden in einem Sarkophag aus dem dritten Jahrhundert in der Kirche Sant'Eustorgio bestattet. Dieses Gotteshaus lag außerhalb der Stadtmauern.

Als Kaiser Barbarossa mit seinen Truppen anrückte, wurden die Reliquien schnell in den Glockenturm der Kirche San Giorgio al Palazzo gebracht, die innerhalb der Stadtmauern lag. Dort wähnte man die Gebeine in Sicherheit.

Doch wie in diesem Buch erwähnt, eroberte Barbarossa Mailand, zerstörte die Stadt und schenkte die Reliquien seinem engen Berater Rainald von Dassel, dem Erzbischof von Köln.

Die Gebeine der Heiligen Drei Könige waren inzwischen in religiöser Hinsicht wichtiger geworden – sie galten als die Reliquien der ersten Könige, die Jesus als „König der Könige" huldigten. Damit waren die Heiligen Drei Könige das Vorbild für alle weltlichen Könige und folglich besonders wertvoll.

Prompt pilgerten Abertausende von Gläubigen nach Köln. Die Reliquien mauserten sich zum größten Schatz der Stadt.

Den im vorliegenden Buch geschilderten Pilgeransturm hat es also wirklich gegeben. Der Fantasie des Autors entspringt allerdings der Raub der Gebeine durch die Mailänder Mönche.

Der Hildebold-Dom, der in diesem Buch eine zentrale Rolle spielt und in dem die Gebeine zunächst in einem vergleichsweise schlichten Schrein präsentiert wurden, wurde bald zu klein. Man beschloss, den alten Dom abzureißen, um Platz für ein neues und vor allem größeres Gotteshaus zu schaffen.

Die Abbrucharbeiten gingen aber gründlich schief. Eigentlich sollten die östlichen Kirchenmauern unterhöhlt und mit Holzpfeilern abgestützt werden. Dann wollte man die Streben anzünden und den Bau kontrolliert einstürzen lassen. Ein starker Wind sorgte jedoch dafür, dass das Feuer auf andere Gebäudeteile übergriff und den Dom bis auf die Grundmauern zerstörte. Der Schrein mit den Reliquien konnte jedoch rechtzeitig in Sicherheit gebracht werden.

Die Reliquien erhielten einen neuen Schrein – den berühmten Dreikönigenschrein, der auch heute noch im Kölner Dom zu sehen ist. Dieser Schrein wurde zwischen 1190 und 1225 von Nikolaus von Verdun gefertigt, einem besonders versierten Goldschmied. Der Schrein hat zwei Ebenen, die Form einer Basilika und ist mit goldenen Figuren und Edelsteinen verziert.

Schon am 15. August 1248 wurde an der Stelle des Hildebold-Doms mit dem Bau des neuen Doms begonnen, den heute jeder als den „Kölner Dom“ kennt. Um 1530 kam der Bau jedoch zum Erliegen, weil das Geld ausgegangen war. Erst im Jahr 1880 wurde der Dom geweiht.

Der wirtschaftliche Aufschwung Kölns setzte sich auch durch die Verleihung des Stapelrechts am 7. Mai 1259 fort. Dieses Recht besagt, dass die Kölner ein Vorkaufsrecht auf alle Waren haben, die auf dem Rhein an ihrer Stadt vorbeitransportiert werden sollten. Der Wohlstand vieler Kölner wuchs.

Während des Zweiten Weltkriegs wurden etwa neunzig Prozent der Innenstadt zerstört. Auch der Dom wurde schwer beschädigt. Die Einwohnerzahl sank von rund achthunderttausend vor Kriegsbeginn auf einhundertviertausend im Jahr 1945.

Bis heute hat Köln seine Einwohnerzahl jedoch verzehnfacht und gilt mit dem Flughafen Köln/Bonn, dem Bahnhof (bis zu zweihundertfünfzigtausend Fahrgäste täglich!), den elf umliegenden Autobahnen und dem Rhein als ein Verkehrskreuz des Westens.

Auch der Tourismus spielt eine enorme Rolle. Wie Julian im letzten Kapitel des Buches erwähnt, strömen pro Jahr über sechs Millionen Besucher nach Köln, um sich die vielen Sehenswürdigkeiten anzuschauen – vor allem den Dom mit dem Dreikönigenschrein.

Glossar

Alter Markt im Mittelalter Teil der Kölner Altstadt mit Verkaufsständen und dem Gericht. Zur Römerzeit war der Alte Markt noch ein Rheinhafen, der später jedoch versandete.

Apsis (Mehrzahl: Apsiden) halbkreisförmiger Abschluss einer Kirche, der zumeist an der Ostseite liegt und zum *Chorraum* gehört. Der Hildebold-Dom hatte zwei Apsiden (im Osten und im Westen).

Barbarossa (italienisch: „roter Bart") eigentlich Friedrich I., war von 1152 bis 1190 römisch-deutscher König und von 1155 bis 1190 Kaiser des römisch-deutschen Reiches. Barbarossa wurde um 1122 geboren und ertrank am 10.6.1190, als er versuchte, während des dritten Kreuzzuges den Fluss Saleph zu durchqueren.

Basilika in der Antike ein Prachtbau, in dem unter anderem Gerichtsverhandlungen stattfanden. Im frühen Mittelalter bezeichnet Basilika eine Kirche.

Beinlinge lange, hosenähnliche Strümpfe. Sie konnten bei Bedarf an den Beinen auf- oder abgerollt werden und waren an der *Bruch* befestigt.

bene (italienisch) gut

Botanicus (lateinisch) im Mittelalter eine Art Gärtner in einer Kirche oder einem Kloster

Büttel ein mittelalterlicher Polizist und Gerichtsdiener

Bruch eine Art Hose im Mittelalter. Die Bruch saß eng an Hüfte und Oberschenkeln. An ihr waren die Beinlinge befestigt.

Chor, Chorraum der vordere Teil einer Kirche, in dem der Hochaltar steht. Er war der Geistlichkeit vorbehalten.

Gefach Teil der Wand eines Fachwerkhauses. Der Begriff bezeichnet den Raum zwischen den Holzbalken.

Gero-Kreuz 2,88 Meter hohes Kruzifix aus Eichenholz, das Ende des 10. Jahrhunderts gefertigt wurde und einst den Hildebold-Dom schmückte. Heute steht es im Kölner Dom. Benannt ist es nach Erzbischof Gero (geboren um 900, gestorben am 28.6.976), der das Kreuz in Auftrag gab.

Gesinde Dienstboten

Groß Sankt Martin Kölner Kirche. Sie wurde im 12. Jahrhundert errichtet und gehört zu den zwölf großen romanischen Kirchen in der Kölner Innenstadt.

Gurde (von lat. cucurbita = Kürbis) eine bauchige

und flach geformte Trinkflasche aus Ton, Holz oder Glas, die es bereits in der Antike gab. Im Mittelalter gehörte die Gurde zur typischen Ausrüstung der Pilger.

Habit Ordenstracht von Mönchen bzw. Nonnen

Heilige Drei Könige Caspar, Melchior und Balthasar, der Überlieferung nach drei Könige und Sterndeuter, die durch den Stern von Betlehem zu Jesus geführt wurden. In der Bibel ist nur von Sterndeutern die Rede, weder ihre Anzahl noch ihre Namen werden genannt. Zu den Heiligen Drei Königen sind diese erst später durch die Volksfrömmigkeit gemacht worden.

Herbarium (lateinisch) Kräutergarten

Heumarkt neben dem Alten Markt der größte Marktplatz in Köln

Hildebold-Dom Vorgänger-Bau des Kölner Doms. Er wurde um 850 fertiggestellt und war nach Erzbischof Hildebold benannt. Der Hildebold-Dom wurde 1248 abgerissen, um Platz zu schaffen für den Nachfolger – den Kölner Dom.

Hohe Pforte eine der ältesten Straßen Kölns. Mit der Hohen Straße bildete sie bereits während der Römerzeit eine Hauptverkehrsader.

Judengasse eine der ältesten Gassen in Köln. Die jüdische Geschichte von Köln lässt sich bis ins Jahr 321 zurückverfolgen.

Kacks ein käfigförmiger Pranger in Köln. Darin wurden Verurteilte zur Strafe öffentlich ausgestellt.

Kleine Budengasse mittelalterliche Straße in Köln, die es auch heute noch gibt

Köln viertgrößte Stadt Deutschlands mit knapp über einer Million Einwohner. Köln wurde bereits 4500 v. Chr. besiedelt und war eine bedeutende Römerstadt (Colonia Claudia Ara Agrippinensium, um 55 v. Chr. gegründet).

Kölner Dom Kathedrale im gotischen Baustil, dritthöchste Kirche der Welt (157,38 Meter). Mit dem Bau wurde 1248 begonnen, er konnte aber erst 1880 fertiggestellt werden.

Kotzmarkt Markt im mittelalterlichen Köln für Fleischabfälle

Kotzmenger Händler, die Fleischabfälle sortieren und verkaufen

Kutte Gewand eines Mönchs

Langhaus lang gestreckter, rechteckiger Raum einer Kirche, der während des Gottesdienstes den Laien (den Gläubigen) vorbehalten ist

Lintgasse historisches Sträßchen an der Kirche Groß St. Martin

Löffelbohrer Werkzeug mit zwei parallel verlaufenden, scharfen Kanten, die am unteren Bohrende löffelförmig zusammenlaufen

Mailand heute mit 1,3 Millionen Einwohnern die

zweitgrößte Stadt Italiens. Mailand wurde bereits um 400 v. Chr. erstmals besiedelt.

Mitra seit dem 11. Jahrhundert Kopfbedeckung der Bischöfe im Gottesdienst

Nettor gedede … ein überlieferter Zauberspruch aus dem Mittelalter, ein sogenannter Wiederbringzauber

Palais repräsentativer Prachtbau für weltliche Herrscher oder Kirchenoberhäupter. Das Palais von Rainald von Dassel lag am südlichen Domhof, war dreistöckig und 80 Meter lang.

Pergament Vorläufer des Papiers. Pergament wird aus ungegerbten, geschabten und geölten Tierhäuten hergestellt.

Petrusaltar Hochaltar (= Hauptaltar) des Hildebold-Doms

Pfennig vorherrschende Münze im frühen Mittelalter. Für einen Pfennig erhielt man damals zum Beispiel zwei Würste oder einen Laib Weizenbrot.

Querhäuser im rechten Winkel zum Langhaus angeordnete Räume in einer Kirche. Mit dem Langhaus bilden sie eine Kreuzform. Die Querhäuser sind stets kürzer als das Langhaus.

Rainald von Dassel Erzbischof von Köln und enger Berater von Kaiser Barbarossa. Er wurde zwischen 1114 und 1120 geboren und starb am 14.8.1167. Sein Porträt ist auf dem Dreikönigenschrein im Kölner Dom zu sehen.

Reliquie (von lat. reliquiae = Überbleibsel) Gegenstand, der religiös verehrt wird. Es kann sich beispielsweise um einen Körperteil oder etwas aus dem Besitz eines Heiligen handeln.

Rhein 1238,8 Kilometer langer Fluss in Mitteleuropa

romanischer Baustil Architektur im frühen Mittelalter, die an den spätrömischen Baustil anschließt. Typisch sind runde Bögen und Fenster, mächtige Türme und schmucklose Wandflächen.

Sakristei zur Kirche gehörender, abgesonderter Raum. Er dient zur Aufbewahrung von Messgewändern, Messbüchern, Kelchen und anderen liturgischen (für den Gottesdienst erforderlichen) Gerätschaften. Hier kleiden sich auch die Geistlichen vor dem Gottesdienst um.

Salute (italienisch) Prost!

Sant'Eustorgio berühmte Mailänder Kirche, im 4. Jahrhundert erbaut. Bis 1164 ruhten dort die Gebeine der Heiligen Drei Könige.

Speishaue wichtigstes Werkzeug des mittelalterlichen Mörtelmischers. Die Speishaue sieht einem Spaten ähnlich, jedoch ist das Metallblatt am Ende der Holzstange rechtwinklig abgeknickt (wie bei einer Harke).

St. Johann Baptist eine der ältesten Kirchen Kölns. Sie wurde bereits 948 erstmals erwähnt und ist Johannes dem Täufer geweiht. Seit 2009 ist St. Johann

Baptist als „Jugendpastorales Zentrum CRUX" der Mittelpunkt der kirchlichen Jugendarbeit in Köln.

St. Maria im Capitol frühromanische Kirche in Köln; größte romanische Kirche der Stadt (100 Meter lang, 40 Meter breit); 1065 fertiggestellt

Tagelöhner jemand, der keine feste Arbeit hat und sich Tag für Tag aufs Neue auf Baustellen oder in der Landwirtschaft bewirbt

Terz feste Gebetszeit im Tagesablauf der Mönche, normalerweise gegen 9 Uhr morgens

Tonsur (von lat. tonsura = das Scheren) Haartracht der Mönche mancher Orden. Das Kopfhaar wird als Zeichen der Demut vor Gott ganz oder teilweise (hier in der Regel kreisförmig) entfernt. Heute ist dies nur noch selten üblich.

Vierung oft quadratischer Raum, wo Quer- und Langschiff einer Kirche aufeinandertreffen

Visconti große, mächtige und sehr reiche Familie. Die Visconti beherrschten im frühen Mittelalter Teile Italiens (Mailand und die Lombardei).

Visconti, Galvano Gegenspieler von Kaiser Barbarossa im Kampf um Mailand (1164). Seine genauen Lebensdaten sind nicht überliefert.

TEMPUS
1876